Senhor Cão
Flávio Ilha

ABOIO

Senhor Cão
Flávio Ilha

O silêncio, o silêncio sempre, as moedas de ouro do sonho

Alejandra Pizarnik, *Extração da pedra da loucura*
Tradução de Davis Diniz

Viver em silêncio é viver como as baleias, grandes castelos de carne flutuando a metros de distância uma da outra, ou como as aranhas, cada uma isolada no coração de sua teia, que para ela é o mundo inteiro.

J. M. Coetzee, em *Foe*
Tradução de José Rubens Siqueira

Vê aquele cão ali, Eulália? Aquele cão que vaga pelas sendas, que fareja o que ninguém mais quer? Aquele cão cismado? Aquele cão é ele, me desafia a Voz.

Não pode ser ele, respondo. O cão vive preso à sua condição de fome, de raiva, de medo. Ele, ao contrário, tem ambição. É ser decantado, que não se pode parar. O cão, escravo da própria indigência, nem cão é. Tratam-no feito coisa. Bicho raivoso. Só lhe restam os caninos infectos e uma rasca de osso roído. E tu? O que me dizes desse cão?

Digo que te procura, me responde a Voz.

1

É uma curva. Ele vê uma longa curva de onde se divisa quase a circunferência toda da Terra. Como se estivesse flutuando no espaço. Mas não a vê, não de verdade, não está flutuando no espaço. É apenas uma sensação de vertigem, justo quando entra na casa da sua memória. Procura o interruptor, tateia a mão na parede, só encontra a penumbra da sala de estar. O bafo da memória lhe traga a razão. E sente vontade de ir embora logo que ouve a buzina do carro, do outro lado da rua. "Maria Izabel chegou". Não se move. Alguma coisa o detém no limiar daquele universo, vê sombras, escuta um sopro que vem da cozinha, vozes lhe tangem os ouvidos. A garganta arde. A fumaça das lembranças, ouve o pai lhe dizendo, o crivo entre os dedos. O rio suculento da infância. Tudo agora se encaixa no elemento primordial de sua existência, a mônada, o grão, o mundo distinto, indestrutível, que ele quer carregar para longe dali, enquanto a partícula da mãe se consome, vassala, ao rilhar de um cachorro caduco.

Aqui, Rex! Vem!

Não se chama Rex. Pedro é seu nome. Pedro Flávio Póvoa. Acomodada na cadeira de balanço, dona Leda não distingue mais as horas, esquece nomes, enxerga apenas uma massa disforme à sua frente, sem cor. Repreende o cão da família, morto há anos; depois, afaga o animal sem entender por que está tão escuro. A cabeça tem os mesmos pelos ralos do filho, que ela agora segura entre os dedos. Esmaga uma migalha de pão e a arremessa pela janela que dá para o jardim, onde outro cão, este vivo, a recolhe com a língua rosada para se alimentar.

Pedro escuta a buzina mais uma vez. Ergue os joelhos, ajeita o cabelo em desalinho. O som atiça sua costumeira indiferença por Maria Izabel. Ela queria filhos. Não os terá. Não desta vez, nem com ele. Fracassou nas escolhas. E Pedro não se sente minimamente culpado se é obsequiosa, condescendente com os esculachos do seu homem, impassível, dominador. "Assim vai perder o voo!", ela grita, lá distante. Mulheres feito Iza, que buzina uma terceira vez, já aflita, são feitas de desassossego. Como a mãe, sem mais direção, batendo cabeça pelos cantos, chamando por Alba, por Tereza, há muito desencarnadas; dona Leda busca novamente pelo cão morto, pelas plantas que já secaram nos vasos, pela tesoura que nem existe mais, queria voltar a tecer as roupas dos filhos, os vestidos de Eulália, camisas para Pedro e para Quim, mas desconhece o paradeiro da máquina de costura. Então Pedro conclui que ela não tem mais serventia, seu prazo expirou, assim como o prazo de Maria Izabel, louca por uma companhia para atravessar a velhice.

A mãe amassa mais um pedaço do pão dormido e dessa vez o engole, faz uma careta, olha para o desconhecido à sua frente, desconfia do seu silêncio e volta a se concentrar na novela de época da TV, enquanto busca um afago na cabeça do cão ausente. Tudo se move, o mundo gira sem parar, é uma sobreposição metódica de lembranças, fracionada, Amália, as fotografias, Ceiça, a grana, Carlito, o escândalo. Mesmo Pedro, inerte no umbral que o contrapõe a seus dois mundos, está em movimento. Quando der as costas, o passado não será mais que o hálito fermentado de todas as manhãs.

Pega a mochila, leva-a ao ombro. Faz a sua escolha.

[ ]

Só na rua cogita se redimir. Como pôde trair a própria mãe? Tem vontade de vomitar, ali mesmo, no carro que o leva ao aeroporto. Mas logo se deixa levar pelo decoro, essa é a verdade, enquanto Iza guia em silêncio, sem perceber o desenrolar da trama que os colocará em campos opostos. Ela sabe que se trata de uma fuga — e nunca uma fuga, por mais justificada que seja, pode ser bem-vista. Sabe também que não se trata de uma fuga qualquer, mas sim de uma desesperada viagem em busca de proteção. Ou de um desaparecimento, agora que a imagem de dona Leda, inerte em frente à TV, o corpo seco em curva, se projeta fugaz na mente de Pedro.

Ainda dá tempo de voltar, amor.

Ele ri. Amor — há quanto tempo não pronuncia essa palavra?

[ ]

O viaduto logo à frente, orquestrado por algum mau administrador, cinde sua cidade em duas: a massa pertinaz de prédios, à frente; a bucólica Porto Alegre das casas baixas, com quintais e gatos nos telhados, ficando para trás, junto da mãe, feito ele, um pé no mundo-mundo-vasto-mundo, outro na infância-querida-que-os-anos-não-trazem-mais. Até que diz para si mesmo, derradeiro ponto de inflexão: finalmente estou fugindo dela estou fugindo dela estou fugindo graças a deus estou fugindo dela.

O silêncio no trajeto é apenas um mecanismo de defesa. Uma maneira de simular uma culpa que não carrega. Afinal, não aprendeu a ter remorso nem a pensar em arrependimento. Foi ele quem enterrou Rex no jardim de casa, a mãe e os irmãos não quiseram ver o cão em agonia, os músculos paralisando aos poucos, os espasmos. O sinal da cruz, a missão. O certo é que se considera, desde então, um predestinado. Não há de se penitenciar por dona Leda, por Ceiça, os irmãos, Iza. Pedro, o escolhido. Aquele que tudo pode. Pedro, o homem.

E se foi sempre assim, tão assertivo quanto a isso, bem, como diz Coetzee, o crânio, depois o temperamento: as duas partes mais duras do corpo.

Vou poupar os leitores da despedida em si, são cenas enfadonhas, cheias de frases lamuriosas. Essa não foi diferente. Mas, como já disse, vou poupar os leitores. Agora basta saber que o filho problemático, a razão das preocupações de dona Leda, o mote de suas orações e das noites mal dormidas, foi embora. Pedro supõe, já a bordo do Airbus que o deixará em Lisboa dentro de dez horas, que a mãe pode ter tido a mesma premonição que ele, de que não o veria mais, de que a história dos dois, a tumultuada história de mãe e filho, se encerrava ali.

Se ela teve tal visão, Pedro Póvoa nunca saberá.

O voo é calmo, só que dormir nas poltronas da classe eco-nômica é doloroso. Ele passa quase toda a noite acordado. No começo da viagem, abre o notebook, mas logo sente aumentar o desconforto dos assentos, quase colados uns aos outros, e procura uma posição melhor. Como ficou no meio do corredor central, não pode apoiar na janela a cabeça, que pende enquanto cochila. Dorme. Acorda com um solavanco da aeronave. Dorme de novo. Acorda. Dorme. Sonha.

Está num hospital. Não há mãe nem pai, só ele observan-do um cavalinho de corda que pula sobre o lençol branco. Está deitado, suspeita que foi operado. Não sente dor. Mas o fato de estar sozinho, ainda criança, num hospital, o deixa aflito. Olha para os lados, não vê ninguém. A porta do quarto se mantém fechada. Tenta se levantar da cama, mas percebe que está amarrado com as tiras de um lençol rasgado. O cavalinho segue pulando frenético sobre ele, a corda do brinquedo não termina nunca e o garoto do sonho sente uma agonia lhe tomar conta do corpo. A rotação do cavalinho aumenta mais e mais a ponto de lhe furar a barriga. Acorda quando percebe uma mancha de sangue escorrer de seu abdome.

O vizinho do lado se agita. O homem nota que ele acordou sobressaltado, pergunta se está tudo bem e Pedro responde, em inglês, que sim. Por que responde em inglês se sabe que o vizinho de voo é brasileiro? Sente um pouco de vergonha pela arrogância, mas precisa se acostumar com a ideia de que não tem mais pátria. Quer dizer, sempre terá pátria. Sempre será brasileiro, embora a ideia lhe pareça um tanto quanto antiquada. Típica do seu pai, que por ironia do destino virou um expatriado. Mas quer se acostumar com a noção de que não necessita mais de uma identidade nacional. Ou que está acima dela, de seus compatriotas mal-vistos pelo mundo. Ou, ele elabora melhor o raciocínio, que terá várias pátrias para escolher quando desembarcar em território europeu. Fica feliz com a possibilidade.

Sabe que tentou de tudo para manter-se inabalável. Mesmo depois que as pessoas perderam o bom senso, que condenar sem julgamento passou a ser a regra; mesmo assim, mesmo na mira, preferiu protelar uma decisão tão drástica. Afinal, o que os outros tinham a ver com as escolhas pessoais dele? De Maria Izabel? Da doce Ceiça? De qualquer modo, não conseguia enxergar proporção entre fato e sentença. Por precaução, preferiu se afastar, o mais rápido que pôde. Não conviver mais com o risco, com a censura, as negativas. Há meses se sente amarrado, como no sonho que o despertou de súbito, sem possibilidade de reagir ao cerco a que foi submetido. Ao que teria de enfrentar se ficasse: a derrocada.

Mas o que sabe do futuro? Nada, pensa. Sente medo, como todo mundo sente ao seu redor. Medo do avião, que os leva a trinta mil pés de altura, despencar. Medo de perder tudo, de acabar na merda. Da dor nas costas, que só piora. De tudo um pouco. Lembra do "Pequeno mapa do tempo" e do personagem do Belchior. Não dá pra viver sem algum tipo de medo, é isso que a canção quer dizer? É isso. Mas na época se vivia uma guerra, algumas pessoas podiam ser embarcadas num avião e, com as mãos amarradas, jogadas no mar. Nunca poderia compactuar com isso, de forma alguma. Se julga um humanista. Só que, com o tempo, passou a questionar os atos que levaram a tal solução. Relativizou, como dizem, enxergou as coisas sob outro prisma. Com menos ingenuidade? Não. Simplesmente lhe parece que era necessário se opor, na força que fosse, às tentativas de abolir a liberdade. A sua liberdade, da qual não abre mão.

É essa liberdade que defende: o seu direito, o de Ceiça. A liberdade de escolha de ambos. Afinal, não acredita que a tenha enganado. Não soube mais dela depois do episódio, embora Pedro tenha se inteirado da repercussão, e tenha se dado por satisfeito com a baixeza tão bem arquitetada: ela se deixou levar pela sedução, pela vaidade típica da juventude. Talvez por um pouco de rebeldia também. Foi uma decisão consciente, por isso a paz de espírito. Mas ele também sabe que o medo de agora tem cor e cheiro: fede aos zumbis que ainda clamam seu cancelamento, que trabalham para transformar sua vida num inferno. Está livre disso. E pode ir para onde quiser, fazer o que bem entender: é um homem branco. Tem passaporte. Dois passaportes, na verdade, um brasileiro, outro português, o caderninho bordô que lhe garantirá a blindagem necessária. Embora, é verdade, preferisse o documento azul do Reino Unido, o inglês ao lusitano. Leva um bom dinheiro, suficiente para impor respeito. Não pode ser molestado. Mesmo assim, não há garantias. Sente que faz o que deve fazer. Talvez o que devesse ter feito há muitos anos, quando ainda podia celebrar escolhas e não era importunado por qualquer um que se sentisse no direito de censurá-lo. De qualquer modo, nunca mais ouviu Belchior. E agora detesta tudo que remete à memória daquele tempo, a reverência ao pai, o heroísmo da mãe. Por isso viaja cheio de esperança.

O avião atravessa o Atlântico com uma suavidade surpreendente. O homem que está do seu lado esquerdo se ajeita na poltrona, estica a perna e a estende no corredor. A camisa apertada faz saltar pequenas bolas de gordura entre os botões. Sente nojo. Mas tem inveja da mobilidade que a poltrona do vizinho proporciona. Do lado direito, uma adolescente dorme com grandes fones sobre as orelhas. Ao lado dela, uma mulher e, logo no outro corredor, um homem. Os dois dormem com máscaras nos olhos e ele presume que sejam os pais da menina, apesar de muito jovens. Pensa que podia ter uma filha, ou um filho, da mesma idade da menina. Talvez um pouco mais velhos. Logo descarta a ideia; seriam, eles sim, um empecilho ao seu recomeço. Melhor não. Pensa em Ceiça. Olha para o lado e sente vontade de saber que música a garota ouve, mas a cabine está silenciosa. E ele teme que Maribel, é esse o nome que dá à menina, se assuste com sua curiosidade.

O balanço da aeronave lhe dá sono, mas Pedro teme ser traído por seus sonhos antes de pousar no Humberto Delgado. Então, se esforça para permanecer desperto. Lembra que não hesitou quando o alto-falante chamou seu voo, imaginando que a mãe, mesmo em casa, pudesse gostar disso, o nome do filho sendo anunciado no alto-falante, senhor Pedro Flávio Póvoa, ele que havia fracassado em quase tudo na vida, voo cento e dezessete, menos em ser ele mesmo, com destino a Lisboa, menos em achar justificativas para seus erros, informamos que esta é a última chamada, a mãe talvez pudesse se orgulhar dele. Pediu que Iza o deixasse na área de embarque, estava atrasado; antes de saltar do carro, lembra que ela lhe disse sentir um aperto no peito, como se carregasse por dentro um cão louco de raiva. Achou curiosa a frase, que agora fica martelando na sua cabeça, um animal louco de raiva no peito, como se fosse ele o cachorro cheio de ódio encarcerado dentro de Iza, louco para fugir.

Acorda com a cabeça latejando, as pernas dormentes. Olha para o lado e vê Maribel na mesma posição, como se tivessem se passado apenas dez minutos. Mas já está amanhecendo, percebe por uma janela semiaberta que o céu clareia no horizonte e presume que logo pousarão em Lisboa. Não sabe as horas, fica com preguiça de calcular o fuso. Maribel é jovem, não sente as dores da idade e talvez viaje para apagar alguma coisa, como ele. Também pode ser apenas um passeio em família, algum prêmio pelo seu desempenho escolar ou uma promoção do pai. Talvez ainda um recomeço, depois da gravidez indesejada que Gustavo lhe impôs ao mentir sobre a camisinha. Como Maribel pôde ser tão ingênua a ponto de acreditar que ele tivesse mesmo colocado o preservativo antes de penetrá-la? Quando percebeu já era tarde demais, o colega de escola, com quem perdeu a virgindade meses atrás, ejaculou nela tão rápido que a garota nem teve tempo de aproveitar. Sim, tomou a pílula do dia seguinte. Sim, contou aos pais. Sim, fez um aborto depois que a profilaxia não deu certo. Agora tudo é natural no seu país de merda. Nada mais escandaliza. Ele supõe que Maribel deva ter tomado algum remédio para dormir, pois nem a claridade da cabine, agora com as luzes acesas, nem o movimento da tripulação para servir o café da manhã são capazes de fazê-la mudar de posição. Os pais, não. Já estão acesos, fuçando nos telefones como se fossem eles os adolescentes.

Pedro se pergunta, antes de pousarem, se não foi duro demais com a mãe. Abraçou-a, não deixou de mencionar as recomendações de praxe sobre dar notícias etc. Mas não fez nenhuma menção de levá-la ao aeroporto, como se ele fosse uma visita entediada, ansiosa por partir. Deu as costas a ela sem remorsos. E tudo bem que destoasse um pouco dos irmãos. Que fosse mais cismado, como sempre o acusavam. Que fosse perdulário, com suas manias de roupas caras e uma vida muito além do que o dinheiro dele podia pagar. Até emocionalmente instável, trocando com frequência de mulher, ninguém atendia às suas expectativas, sempre encontrava um defeito, uma estria aqui, uma assimetria ali. Mas era da família, disso não restava dúvida — a não ser pela marca na testa, só dele. Pedro é, entre os três filhos, a mistura mais equilibrada dos traços paternos e maternos, sempre ouviu dizerem isso. O nariz de um, as mãos de outro; os dentes da mãe, a altura do pai; a ambiguidade do homem, a prontidão da mulher. Para o bem e para o mal, era produto de Leda e Carlito. E agora se via na iminência de negá-los. Como Pedro, de quem herdou o nome.

Mal o avião taxiou na pista e os passageiros se agitam, ávidos por sair daquela gaiola voadora e sentir o ar frio de Lisboa no rosto. O comandante anuncia que a temperatura é de oito graus às nove horas da manhã. Céu com farruscas, diz em seu sotaque lusitano. Nada mal para fevereiro. Maribel acorda, olha para os pais com cara de sono e mexe no celular, certamente para trocar a playlist. Deixa claro que será uma companhia difícil naquela estadia em Lisboa. E também nos outros destinos, Roma, Barcelona, Paris, quem sabe Berlim. Nada de museus, galerias de arte. Nada de caminhadas intermináveis. Nem de dias corridos, se alimentando de baguetes. Por ela passaria o tempo todo no metrô, viajando entre as estações, protegida da claridade e com os fones de ouvido lhe isolando do mundo.

Olham-se furtivamente enquanto Pedro especula sobre a trilha sonora de Maribel. Ele tenta pensar em alguma coisa para dizer a ela, que está a seu lado, quase encostando a perna na dele, mas os pais a chamam, pedem que a garota pegue a bagagem e que, sobretudo, cuide das malas, "presta atenção nas tuas coisas, depois não adianta reclamar". Ela pede licença para se dirigir ao outro corredor, força um pouco a passagem, agora roça de verdade na sua perna e desacomoda o gorducho do lado. Pega uma valise cor de rosa, outra mochila, possivelmente com um tablet, e espera que o fluxo de passageiros destrave.

Ele a observa. Ela não o nota. Ele se levanta, sorri para a mulher do outro lado, que tem a cara fechada e diz alguma coisa ríspida para o pai de Maribel, sorri também para o gorducho que dormiu a viagem inteira, ele retribui meio constrangido, pois perdeu o café da manhã e agora sente fome, olha de novo para Maribel, encara a garota durante um largo tempo, decidido a sustentar o olhar no caso de ela perceber, nota seu perfil delicado, os seios bastante firmes sob o agasalho da GAP, embora seja pouco mais que uma menina, e lamenta que o filho que ela abortou não fosse dele. Se fosse, teria convencido-a de não tirá-lo, de ter a criança, de formarem uma família, esquecendo-se de que tem idade para ser o pai dela, um pai até tardio, é verdade, e sente ódio, ódio por não ter mais os dezoito anos que a fariam se encantar por ele, os cabelos fartos do jovem youtuber desbocado, o olhar provocante, a certeza de não ter uma causa pela qual lutar.

Ela mexe no celular, parece que confere as mensagens. Então, olha fixamente para ele e, com o dedo médio, faz aquele sinal característico para que Pedro vá se foder.

Só quando está saindo do avião que percebe o menino algumas poltronas à frente. Até então quieto, parece que passou a viagem inteira sedado junto à mãe — uma mulher corpulenta, escura, não a ponto de Pedro considerá-la negra, mas uma mulata legítima, com seus cabelos étnicos e o discurso bem afinado, ele deduz, com o que há de mais moderno em matéria de ideologia racial. Mas tem um ar masculino, o que afronta seu padrão de gosto. Então, a descarta.

Não lembra de tê-los visto embarcarem e, pelo que pôde notar, a mãe está sozinha com a criança. Espanta-se que faça uma viagem dessas sem um homem do lado. Agora desperto, com pouco mais de quatro anos de idade, ou nem isso, o guri, a quem ele decide chamar de Eduardo, é energia pura. Grita com a mãe, pula na poltrona, pede colo, atira mais de uma vez seus brinquedos ao chão e nem com a intervenção de uma aeromoça, muito solícita, consegue se acalmar. No ápice da fúria, solta um guincho tão agudo que a aeronave fica em silêncio absoluto à espera de um desfecho trágico. Que não vem. O pequeno ordinário só se acalma quando a mãe finalmente cede a seus caprichos e o segura no colo, dividindo espaço com sacolas, embrulhos e um casaco que lhe tolhe os movimentos. O garoto abre um sorriso, não sem antes esbofetear a mulher em reprimenda por ter demorado tanto a atender sua ordem. Alguns passageiros riem. Outros cochicham. Abanam a cabeça, em sinal de reprovação. Depois tudo volta ao normal, quando o corredor flui em direção ao ar livre.

O menino olha para ele com ar triunfante, enquanto a mãe se esfalfa para não atrasar ainda mais a fila de passageiros. Então é isso, reflete. Tudo começa com um colo indevido. Com a realização de um desejo egoísta. Decerto, irá se transformar num notável tirano, com suas armas de chantagem prontas para serem acionadas ao menor sinal de contrariedade. Mais ou menos como Maribel, que agora está lá na frente, sozinha, como se tivesse vinte anos, quase à porta do avião, enquanto os pais tratam de desembaraçar a documentação de turistas. Por que lhe fez aquele sinal obsceno? Acredita ter sido discreto, mesmo quando a olhou de forma mais demorada e notou as formas de seu corpo ainda adolescente, mas já despontando para a mulher adorável na qual certamente irá se transformar. A garota notou seu interesse mesmo assim. Mais: sua insistência. Teria sido propositivo demais? Teria externado seus desejos em alguma expressão facial? Ri da infantilidade dela e atribui a ofensa ao cansaço. Gostaria de perguntar a Maribel onde ficaria hospedada. Se podia convidá-la para um café qualquer horas dessas. Se conhecerem, por que não? Tinha tanto a lhe oferecer.

Mas não pergunta nada, sequer olha para Maribel novamente depois que ela o mandou se foder. Ainda tenta entender o gesto da menina: pais indolentes, como a mãe de Eduardo, em geral criam filhos dominadores, que detestam ser contrariados. O seu próprio caso, pensa, é clássico: o pai ausente, a mãe superprotetora, um irmão mimado, uma irmã mais velha reclusa e as viperinas Alba e Tereza no comando da situação. Se bem que as tias não podem ser responsabilizadas: quem sabe o que deu origem a esse arranjo bizarro que acabou determinando tantas vidas? Seus avós? Tios-bisavós? Trisavós, era isso? Faz as contas, mas fica com preguiça de buscar nomes e parentescos na memória, precisa acelerar o passo agora que já está no saguão do aeroporto e todos se dirigem para a imigração, "a porta dos enjeitados". Ele não: vai para a fila dos cidadãos e observa, com certo desdém, que a maioria das pessoas que saíram do mesmo avião se aglomera para passar por duas cabines onde vão carimbar seus passaportes com a palavra maldita: turista. Validade: 90 dias.

[.]

Eduardo continua torturando a mãe, que não demonstra qualquer incômodo com o ranço do menino. Ao contrário, tenta consolá-lo. É carinhosa, afável. São parecidos, o parentesco entre eles é inequívoco. O garoto tem um boné na cabeça, azul e vermelho, veste um macacão jeans e uma camiseta básica. Por cima, casaco e cachecol de lã no pescoço, que o irrita e o faz abrir o berreiro de novo. A fila de imigrantes, muitos dos quais irão desrespeitar a ordem de voltarem a seus lares em no máximo três meses, se agita com a gritaria de Dudu. Um policial se aproxima e pede que a mãe do menino passe à frente dos demais, mas ela recusa. O oficial insiste, ela torna a recusar. Dá a impressão de que se comunicam de forma precária, o que indica idiomas diferentes. A mulher, enfim, cede e passa à frente, não sem ouvir muxoxos de brasileiros desacostumados a serem preteridos por pessoas de pele escura. Ela carrega as malas com dificuldade, o policial não a toca, mantém distância, o menino agora chora de forma constante, a mãe faz o que pode mas acaba irritando a equipe de fiscais e é afastada da fila — será que vão esperar o guri se acalmar ou desconfiam de alguma coisa? Não é com ele, pensa. Sua fila anda rápido, até que chega a sua vez.

O guarda tem uma cara comum, bigode espesso, um quepe de oficial, azul-marinho. Olha para ele indiferente, confere mecanicamente seus documentos, o passaporte com a capa avermelhada da União Europeia, logo abaixo a inscrição "Portugal". Na segunda página, o que o faz melhor que os outros: nacionalidade: portuguesa. O homem se demora na análise, vê que o passaporte está vazio, depois olha para seu rosto e confere a fotografia com atenção. Mais de uma vez.

Fica assim, conferindo o documento, por longos minutos. Tem vontade de gritar ao inspetor que é ele sim, é claro que é ele, agarrando-lhe pela gola, mas se contém e permanece impassível diante do guarda de fronteira.

Veio para ficar?

Como disse?

Perguntei se vais permanecer por tempo indeterminado em solo português. Vejo que é brasileiro. De onde?

Está escrito aí. Porto Alegre. Sul do Brasil.

O oficial coça a cabeça, desloca o boné e o mantém assim, desarrumado, quase ridículo.

Então, veio para ficar?

Nota uma certa acusação na pergunta, como se estivesse cometendo algum crime. Sente um leve formigamento nas mãos.

Não sei. Interessa?

Tens o cartão de identidade?

Não tem, os dois sabem que ele não tem. Mas Pedro sabe também que a impertinência do fiscal pode comprometê-lo. No consulado garantiram que bastava o passaporte para ingressar pela fila dos cidadãos.

Está na bagagem despachada, mente.

A fila, mesmo pequena, começa a se impacientar com a demora — são europeus, não deveriam ter de prestar contas a um simples guarda de fronteira cujo salário é pago pelos seus impostos. Mas parece que com ele, Pedro Flávio Póvoa, esse conceito não funciona, ou funciona apenas pela metade porque, embora esteja escrito que sua nacionalidade é portuguesa, o local de nascimento deixa claro que se trata de um senhor brasileiro, nascido há cinquenta e sete anos, completados há pouco mais de duas semanas, fotógrafo profissional, com um metro e setenta e nove centímetros de altura, solteiro, sem filhos e, assim espera, com toda a vida que lhe resta no país de origem de seus avós maternos, que agora tem a obrigação de acolhê-lo.

Não faz esse discurso todo para o policial, apenas pensa nas palavras que diria a ele: trata-se de uma dívida, da qual Pedro pretende cobrar cada centavo. "Um compromisso moral", ensaia mentalmente. O homem, enfarado, carimba sua entrada e o manda seguir, sem sequer prestar atenção em seu, agora, compatriota. Que lhe importa que mais um brasileiro, de tantos quantos recebe todos os dias, burle a alfândega e vá emporcalhar Lisboa com seus modos grosseiros? Não é da sua conta. Mas Pedro acha estranho ter duas nacionalidades e ao mesmo tempo se sentir deslocado, em ambas as situações: no Brasil, vivia às turras com a crescente censura da família e dos amigos a seus atos e opiniões. Como se não tivesse capacidade de arcar com as suas consequências. Em Portugal, à primeira vista, não parece mais que um intruso a disputar espaço com imigrantes e nativos sem instrução. Está certo que não tenham lá muita simpatia por brasileiros sem prazo de validade, como ele: na verdade, gostam quando torram seus euros trocados a peso de ouro e vão embora tão rápido quanto chegaram. Pedro pressente, porém, que seu caso será diferente. Se sente pronto para ir da água ao vinho. Um Pêra-Manca de duzentos e cinquenta euros, quem sabe?

Antes de cruzar a fronteira, vê o menino Eduardo de mãos dadas com a mãe, agora em calmaria, ela com o cansaço estampado no rosto largo, de lábios grossos e lenço na cabeça, a exemplo de uma muçulmana, atravessando o umbral místico que separa as pessoas dos animais.

Um homem alto e parrudo, de mãos dadas com uma adolescente igualmente alta, magra como a maior parte das adolescentes, espera a mãe de Eduardo, que Pedro decide chamar de Aisha. A mulher está tão cansada da viagem que mal consegue mostrar alegria em voltar para o que ele presume ser sua família. O homem a abraça, caridoso — marido e mulher podem demonstrar quase qualquer tipo de afeto; mas caridade não deve ser um deles.

Eduardo observa a tudo esperando sua vez de receber o abraço do pai. A menina parece alheia e, assim como Maribel, que sumiu nas filas da imigração junto dos pais, usa enormes fones de ouvido. Talvez não queira participar da loucura familiar, do culto incondicional ao Islã, a Alá ou como queiram chamar seu deus. Mas talvez ouça sem parar os cânticos da Salah, talvez seja ela a mais radical entre seus parentes e planeje uma ação espetacular contra algum alvo europeu no Centro de Lisboa, talvez a sinagoga Shaare Tikvah ou o Four Seasons apinhado de alemães endinheirados. Quem sabe?

Pedro aguarda na entrada do aeroporto, na frente de uns coqueiros que parecem ter vindo do Ceará. Observa a cena antes de decidir que rumo tomar: a filha de Aisha, negra como o pai, olha para ele, que vislumbra um suave sorriso no rosto dela, parcialmente coberto pela máscara decorada com flores miúdas. Os olhos se esticam para os lados em sinal de aprovação, ele quer lhe fazer um sinal, sutil, mas tem uma das mãos ocupada por malas e sacolas e a outra enfiada no bolso esquerdo, então apenas devolve o suposto sorriso. Como não usa máscara, tenta ser discreto — dissimulado, pensa ele, já apalpando o pênis sob as calças. Pedro é um homem alto para os padrões portugueses, é mais bonito que a média, tem os cabelos soltos pela testa, não herdou a calva do pai, diria-se atraente sim, até mesmo para uma menina que podia ser sua filha, leu em algum lugar, antes de embarcar, ou talvez na revista de bordo da companhia, que as comunidades negras de Lisboa, na Cova da Moura, no Seis de Maio, recebem imigrantes de Cabo Verde, Guiné, pessoas de feições delicadas e porte imperial, que falam francês ou inglês, não sabe se a menina percebeu algo, ela se retrai quando o pai a abraça e encobre sua visão, agora está de costas para Pedro, o homem, antes de encaminhar mulher e filhos para o carro, ainda olha para trás e parece notar a curiosidade do estranho, observa aquele europeu (sim, tem a pretensão de se passar por um, pelo menos na aparência) com desconfiança, saem em direção ao estacionamento, Pedro perde-os de vista.

Não teve medo do negro, apesar do corpo descomunal e da suposta força que ostenta. Está feito. Que lhe importa que tenha adivinhado seu interesse, não é ninguém para aquele pai enciumado, mais do que previdente, assim como o negro também não é ninguém para Pedro, a ponto de sequer tentar imaginar-lhe um nome, chama-o apenas, para si mesmo, de o Negro, pois acha-os todos iguais, uma massa de músculos e secreções que não lhe tiram o sono. Mas não convém chamar a atenção, mal desembarcou. Ainda precisa achar um táxi, procurar um hotel, nem tão barato que pareça um fugitivo, nem tão caro que o ligue a algum tipo de crime financeiro, e dormir, quem sabe, umas doze horas para recuperar a dignidade que a classe econômica lhe roubou. A cabeça segue doendo. A fome se acentua, o café da manhã do avião, não fosse o brioche, poderia ser chamado de ridículo, ainda mais considerando o preço da passagem, mas o cansaço é maior e decide esticar o corpo em alguma cama antes de qualquer coisa, antes de comer, antes de desfazer as malas, de pendurar as camisas que trouxe, poucas, camisas que amassam, que serão difíceis de passar, pois não terá diaristas nem faxineiras para compensar suas deficiências domésticas. Depois, provavelmente apenas no dia seguinte, poderá se sentir tranquilo para procurar o que fazer. E, quem sabe, com sorte, encontrar Maribel em alguma estação de metrô. Ou então Matilda, como chamou a menina negra que sorriu para ele no Humberto Delgado.

A Voz me desafia mais uma vez.

Quem é esse cão?

É uma sombra do que podias ter sido, Lalinha. Ou do que imaginas que seria se não fosses tu a sombra de ti mesma.

Eu não vejo nada. Só vejo o cão, que me procura.

Então encontra-o, me diz a Voz.

2

Ainda não compreende bem todas as palavras, muitas delas se misturam numa falação que o deixa zonzo de sono. Empilha tijolinhos de madeira no rebato da cozinha, a porta antecede um pomar onde dois cães dormem ao sol. O menino percebe que os sons emitidos pela mulher se repetem e formam um canto harmonioso, um murmulho da água corrente que passa sob a casa e o deixa encantado; a mãe entoa um desses mantras musicados enquanto prepara o almoço da família, corta legumes, descasca batatas, pega da geladeira, nova em folha, um naco grande de uma peça avermelhada, um vermelho escuro salpicado de estrias brancas, joga-o sobre a bancada e o menino escuta aquele estalo surdo na pedra fria: o pedaço de um animal morto, aprenderá anos mais tarde.

Ouve o ganido triste do cão que sonha; logo, um movimento concêntrico, ritmado: tiras finas de carne vão sendo retalhadas e se avolumam ao lado da porção inteira, que diminui de tamanho enquanto a outra pilha aumenta. Dona Leda trabalha com afinco e um pouco de pressa, pois o tempo avança e encolhe na mesma medida, como o pedaço de carne que ela pica com decisão e com amor também, porque constrói uma família e logo ela estará maior com a chegada de Joaquim. Um dos cães abocanha a mosca que lhe pinica o pelo; o outro continua a sonhar, a respiração ofegante, o corpo rígido. Logo vão se mover, pois o aroma da cozinha os fará relevar o descanso.

A mãe pica a carne vermelha e úmida de um sangue achocolatado e entoa a canção que Pedro ouve distraído, "os botões da blusa", "roupas pelo chão", e o menino se deixa levar pelo som gostoso e fácil de memorizar até cabecear de sono. A mãe acordou cedo porque a barriga não lhe dá sossego, o volume não a deixa se acomodar em posição alguma, além do mais Joaquim esperneia como um potro chucro, aos coices, ela grita para tia Alba, chama a mulher, que pendura roupas no arame, Pedro acaba de fazer três anos e enxerga a barriga da mãe como uma bola que cresce e se move, uma hora aponta de um lado, outra hora está mais embaixo e a faz emitir sons vibrantes como que saídos da própria carne dela que, agora, a mãe passa a repartir em nacos como aqueles que fatiava há pouco, ela saca um bife da parte logo abaixo dos seus seios, àquela altura já volumosos, estende-o ainda fresco sobre o balcão e o corta com facadas firmes; depois arranca mais outro naco do próprio corpo, sem o mesmo capricho do anterior, um bife portentoso, o sangue juvenil que faz o menino sentir fome feito os cães e berrar para a mãe que quer comida comida comida até que a mulher finalize a sanha de cortar a própria carne e chegar no corpo do bebê que dorme de cabeça para baixo, os braços sobre o peito, Joaquim flutuando numa bolsa cheia de um líquido malcheiroso antes de virar guisado, pois a mãe atende ao pedido do filho que a observa e picota o feto, o seu bebê que carrega há trinta e nove semanas, em centenas de pedacinhos, doura-os em azeite quente, joga alho e cebola por cima, salga e o serve ao menino esfomeado.

Depois Pedro se mija todo. O dia arde de calor, um dia que faz a mãe estrebuchar e ser acudida pela tia Alba, que sequer nota a mancha de urina no piso da cozinha, ou talvez fosse tia Tereza, nessa idade ainda as confunde muito, a mancha é dele ou da mãe?, a barriga bojuda colada à beira do fogão, ela mexe um cozido na panela que exala um aroma de temperos fritos, a montanha de defuntos picadinhos logo ao lado, o momento de arderem na panela sobre o fogo azulado já ia chegar, mas não há mais tempo, o ambiente se agita, Pedro ouve os gritos e só depois se urina todo, "não dá mais tempo, Tereza", "acode aqui", "valha-me, santinha Rita!", e alguém se lembra que Carlito não está em casa, Carlito nunca está por perto quando se precisa dele, sempre jogando com a sorte, os dedos da mãe contorcendo-se de dor, sons muito muito altos, iguais ao do dia em que caiu do escorregador, um corre-corre irrequieto, Pedro devia ter dois anos, talvez menos, não se recorda, só sabe dos gritos porque lhe contaram, a dor que lhe contaram ter sentido, mas nesse dia sabe perfeitamente bem, porque lhe contaram, que subiu sozinho no escorregador azul e amarelo da pracinha da escola onde sua mãe lecionava, o pai, naquela tarde cinzenta, distraído, de papo com uma professorinha enquanto esperavam pela mãe no pátio da escola quando dona Leda chegou contando a novidade, sim, atrasada já há quase um mês, sim, o doutor Menezes não tem mais dúvida, estás grávida de novo, Ledinha?, e Carlito já é uma flor murcha.

Não é segredo para ninguém que o pai não tinha a família entre suas prioridades. Antes mesmo de Quim ser uma promessa, já dava sinais de que o tranco era pesado demais para ele: dois filhos esfomeados, as contas se avolumando, a pressão de mudarem primeiro para Brasília, as perseguições dos chefetes da repartição, serões em finais de semana, depois a ameaça de transferência para São Borja, que deixou dona Leda de cama por dois dias, telefonemas intermináveis, carros de campana, as recomendações para que ficasse na sua. E o sumiço dos colegas, que fim levou o Domício? O Domício era um doce de pessoa. Mas se envolveu num caso notório, dizem que vazou documentos, uma papelada sensível que botou a reputação do engenheiro a perigo, apaniguado de um milico graúdo, quer dizer, ninguém tinha certeza disso, se havia sido ele mesmo, mas só podia ser porque o caso estava com o Domício, era ele que organizava o fluxo dos pedidos, caminhões e mais caminhões de areia indo e vindo sem descarregar, só na contabilidade, e também não precisavam ter certeza de nada, bastava dizer que foi ele e pronto, Carlito não sabe se o amigo conseguiu fugir a tempo ou se o tinham pego, sumido com ele, a mulher oficialmente não sabia de nada, e precisava manter os filhos em segurança, dois meses depois cortaram o salário, cassaram a matrícula do Domício, como se estivesse morto e enterrado, saiu no Diário Oficial e tudo, foi um alvoroço, assim, sem mais nem menos, nenhuma justificativa, a Ivete tendo de ser virar sem o salário do marido.

E as reuniões que iam até tarde, as viagens nos finais de semana. Dona Leda se exasperava quando ele vinha todo embarrado e dizia que tinha ido pescar, mas como, se nunca pescou na vida, nem sabia por onde começar? Ou quando, às vezes, voltava com malas fechadas que colocava no sótão e ninguém podia mexer; ou quando trouxe o tio Genésio, foi assim que apresentou o desconhecido, tio Genésio, lá de Santa Maria, um tipo atarracado e escuro que podia ser de qualquer lugar, menos de Santa Maria, o homem não saía de casa, ficava o dia todo deitado no sofá da sala gemendo, parece que o tio Genésio estava se curando de um ferimento, ninguém sabia bem o que era, talvez um acidente com arma durante uma caçada, mais essa agora, também estavam caçando, assim, do nada?

Pouco tempo depois o pai sumiu de verdade, sem jipe e sem soldado, que nem o Domício, e dona Leda ficou sem saber por onde procurar, os amigos todos, e ela também, não sabiam o seu destino, não sabiam de nada, evaporou-se, e a mãe chegou a viajar ao Rio para encontrá-lo, bateu de porta em porta, a vó Gerusa tentou por todos os meios, acionou os amigos e os nem tanto, mas nada de saber do paradeiro do Carlito. Isso depois da prisão espetaculosa, aquela que fechou a rua e foi comentada no bairro por vários dias, até depois de Carlito voltar do sumiço, todo estropiado e meio louco da cabeça, afastado do serviço, mudo e alheio, só pele e osso. A partir de então, nunca mais foi visto.

Foi aí que Pedro começou a mijar na cama, o líquido morno escorrendo pelo corpo, à noite, sem controle, o choro, as luzes, tia Tereza praguejando pela hora, a mãe abatida feito um peixe que morre em silêncio, se estivesse frio era pior, havia a operação limpeza, troca de lençóis, pijama, plástico impermeável sobre o colchão, tia Alba lavando-lhe as partes sujas com vigor, como se quisesse arrancar de Pedro o objeto daquela vergonha, a imagem do falo esfolado, murcho, que nunca mais o abandonaria.

Gosta, porém, de enxergar o pai com aquele cigarro entre os dedos, como na foto sobre o piano, o capote de couro caramelo com a gola levantada, a fumaça expelida com o canto da boca, como fazem os jogadores de pôquer, os artistas de cinema, mas é uma imagem romântica porque nem lembra direito do pai, se vale mais de fotografias antigas mesmo, a professorinha fazendo perguntas sobre aquele guri bonito, quantos anos tem que amorzinho é aluno daqui, sem notar que, no alto do escorregador azul e amarelo, o filho, desorientado, emite um som débil antes de cair de cabeça no piso de cimento da escola, a dor, o sangue, o grito. Carlito nem teve tempo de agarrá-lo, falhou. Talvez devido à chuva, que havia deixado tudo molhadiço; talvez por displicência mesmo. Mas falhou, como Pedro falhou ao se mijar nas calças depois de ver a cabeça do irmão brotando do corpo materno, a cabeça acinzentada, escorregando para as mãos de Tereza que, amparada por Alba, segura uma toalha de banho que ameniza o impacto de nascer em uma cozinha cheirando a carne picada, alho e cebola, num dia abafado do verão de Porto Alegre.

Gerusa apaga a luz da cabeceira, mas logo escuta uma lamúria. A voz infantil, inusitada para aquela casa, se destaca na escuridão do quarto. Então se levanta, calça as pantufas e é interrompida pela ordem do marido.

Não vai. Ele tem que aprender.

A mulher interrompe o movimento. Desde que o menino chegou é isso: uma disputa renhida pelo poder. Mas aprender o quê, meu deus? Acha a frase ridícula, grosseira. Digna do ignorante que dorme ao seu lado. O esposo, a quem ela devota a vida há quase quarenta anos, é explosivo. E não por acaso Gerusa aparenta bem mais idade do que os cinquenta e seis anos que tem, dedicada que foi, integralmente, às instituições familiar e militar — duas das glórias do Brasil Varonil.

Aprender o quê?, finalmente diz ao marido. E espera a resposta, óbvia; nada a surpreenderia mais que uma justificativa distinta ao posto que ele ocupa. Ocupou, a vida toda: macho.

A ser homem.

Os homens de sua geração. Quando uma mulher se casa com um deles, sabe bem em que buraco está se enfiando. Gerusa sabe. Mas seu raio de ação, nesse caso, é limitado, os homens costumam se fechar nos seus castelos flutuantes de carne, e sabe-se lá o que se passa naquele casco tomado por cracas em que Álvaro se transformou. Quanto mais é chamado à razão, ao comportamento, por assim dizer, civilizado, mais acha que é imune ao diálogo, mais acha que não deve nada a ninguém, embora não mova uma palha para a concertação do mundo a seu redor.

Ele tem dez anos, Álvaro.

Ainda não são onze horas, mesmo assim o marido de Gerusa já dormia quando teve o sono interrompido pela birra do neto.

Não me interessa. Com essa idade eu levantava às cinco da manhã pra tirar leite.

Álvaro segue deitado no lado da cama que escolheu justo na primeira noite de casado, à esquerda da mulher, há trinta e sete anos na mesma posição: dorme sempre de costas para a esposa, de cara para a parede, branca, por onde ensaia as ordens que vai enunciar no dia seguinte. Goza para isso de ampla liberdade criativa. Tem tantas certezas quanto há bactérias em sua boca. Sabe, porque sabe, o que é e o que não é. E isso basta.

Com um leve movimento de corpo, Álvaro estende o braço para o lado, move o quadril, emite um gemido de dor, pragueja contra a lombar, apaga a lâmpada do abajur e ordena que a mulher volte ao seu lugar.

Tu sabe muito bem que isso é mentira, Álvaro.

Me chamando de mentiroso, Gerusa?

Vai dormir, Alvim. Deixa que eu cuido disso.

Trata-o pelo diminutivo, sem o coronel usual a lhe indicar a patente.

Com o tamanho dele eu já tirava leite, sim. De madrugada. Fizesse frio ou calor.

Tu sabe que de colono tu nunca teve nada, Alvim. Tua mãe sim, levantava de noite ainda. Isso eu vi. Eu vi. E teu pai nunca ajudou. Tirar leite sempre foi coisa de mulher na tua casa.

No quarto ao lado, o menino ainda choraminga em soluços intermitentes. A avó se exaspera, acende a luz de novo e anuncia que vai atender o rapazote. E ai dele, Alvim, que se meta.

O garoto está há poucos dias na casa dos avós. Vai passar uma temporada, uma jornada ainda incerta, com eles, enquanto a mãe se reorganiza com os outros dois filhos, talvez para o ano, quando os dois menores puderem ir para a escola, as coisas melhorem, não tenho como dar conta dos três ao mesmo tempo, sem o Carlito não dá jeito, mãe, tu me ajuda, mãe, por favor? A mãe ajuda, é claro que a mãe ajuda. Para que servem as mães, afinal?

Tenho certeza que o Pedro vai te perdoar, minha filha, e que vocês logo vão estar todos juntos de novo. O Carlito vai voltar, tenho fé que vai. Logo vai estar em casa de novo. O Pedro fica o tempo que precisar, aqui tem conforto e carinho de sobra pra ele.

Mas Gerusa não conseguia conter o coração dilacerado.

Pedro, é claro, não entende: como poderia? Por que, de um dia para o outro, precisa deixar a companhia dos irmãos e da mãe para morar com dois avós que passam o dia inteiro se espicaçando? Não tem como entender: será que a mãe deixou de gostar dele? Será que ele fez — ou disse — alguma coisa para ela? Um dia perguntou para a vó Gerusa: por que a mãe me largou aqui?

Ela não te largou, meu filho. Vais ficar uns dias até que teu pai volte para casa. Aí as coisas passam a ser como eram.

E se ele não voltar?

Ele vai voltar.

Como tu sabe?

Sabendo. As avós não sabem tudo?

Os dias viraram meses e o pai nunca mais voltou. O outono virou inverno na casa de Cachoeira, bem no Centro da cidade, ao lado do Banco do Brasil e do Clube Caixeiral, um palacete mal iluminado e úmido outrora vistoso, que se destacava entre as porta-janelas da cidade, mas agora decaído, o avô não ficara pobre, é claro que não, graças a Deus, mas a opulência tinha dado lugar à simplicidade, para não dizer à penúria. Gerusa gostaria de vender a mansão que, mesmo decadente, ainda valia um bom dinheiro. Comprar um apartamentinho no Santa Helena, eram só os dois mesmo, andar alto, ensolarado. Confortável. Com uma varanda para as plantinhas. Mas quem diz que o Álvaro aceita?

Em março o Pedro vai para o Adventista, anuncia o avô, porque Alvim não admite que Pedro possa estudar em uma escola pública. E nenhum colégio particular aceita aluno no meio do ano. Por isso vai para o Adventista, tradicional, severo, quando reabrirem as matrículas. O coronel gosta de professor que enche o aluno de tema, que aplica prova toda semana. Só assim para aprender. Prefere professor, mulher é muito molenga, tá sempre passando pano, não tem pulso. Professora só até o segundo ano, depois que os guris aprendem a responder só mesmo um homem pra dar voz de comando. Se aqui tivesse Colégio Militar, era pra lá que tu ia. Mas na falta de um, vai estudar com padre.

Pedro olha assustado para o avô, poucas vezes na vida tinha ouvido alguém falar tanto quanto ele, quase sem parar, sempre dando ordens, sempre espezinhando alguém, parecia que tinha engolido um rádio. Quando dorme, o ronco atravessa as peças do casarão e vai bater no ouvido de Pedro. O coronel é um homem alto e magro. Mas não atlético. De fato é militar, mas seguiu carreira como médico do Exército, na Cavalaria, até ser reformado. Acostumou-se à brutalidade do quartel, que se encaixou feito uma luva nos seus modos abagualados de interiorano. Destratava recrutas com gosto, a pedido dos oficiais de campo, seus superiores. Receitava laxantes para resfriados banais; injeção de penicilina para frieira. Gabava-se de nunca ter livrado a cara de ninguém no alistamento, incorporava até os filhos dos ricaços da região que chegavam ao exame médico já com a senha da dispensa na ponta da língua. Não tinha traquejo com crianças; na verdade, não gostava delas. E muito menos de adolescentes ou meninos já taludos, como Pedro. É comum repreender o neto, sob a alegação de que o está educando.

Alvim se ergue na cama, ensaia uma reação, mas não a tempo de impedir Gerusa; logo ela está com o neto nos braços, acarinhando seus cabelos empapados de suor, falando baixinho em seu ouvido, retirando as cobertas pesadas, é um inverno estranho, noite alta e mais de vinte graus, foi pesadelo, meu filho? Deve ser o calor.

Vi meu pai sentado aqui na cama, vó.

O menino descreve então a jaqueta caramelo de gola levantada, o cigarro sem filtro entre os dedos, amarelos pela nicotina, o sorriso discreto do pai. Traz um revólver bem firme na mão direita, "tu é forte, Pedrito", "não chora, guri", era o único que o chamava assim, Pedrito, para rimar com Carlito, o revólver empunhado como se fosse atirar logo em seguida, "tem orgulho de ser quem tu é", e abraçava o primeiro filho com força até o menino gemer de dor, os ossos estalarem, um abraço que ficava no meio do caminho entre a violência e a predileção, a barba mal feita roçando-lhe a cara e deixando a pele vermelha, irritada com os sinais da masculinidade do pai, o bafo do cigarro na sua memória, o robe que ele colocava sobre a roupa para tragar o Continental liso em casa, na embalagem um mapa-múndi aberto, Pedro chegou a sentir o hálito do tabaco quando Carlito, sentado na cama, acariciou seu pé descoberto e disse "o tempo é como a fumaça deste cigarro, Pedrito". Depois, acordou com o que julgou ser o estampido de um disparo.

O coronel entra no quarto, acende a luz, a mulher o repreende com os olhos. Não é o momento de jogar duro, ela sinaliza.

Isso são horas, Pedro? Eu e tua vó precisamos dormir.

Deixa que eu cuido disso, Álvaro. Volta pra cama, já vou lá.

Parado à porta, o homem ensaia um fricote para reverter a desvantagem, mas é interrompido pela mulher.

Alvim! Faz favor?

E aponta a saída com a mão desocupada, enquanto o outro braço enlaça o pescoço de Pedro; o menino se aninha no colo da avó, assustado com a rabugice de Alvim e com a visão que o despertou, não sabe se sonho ou premonição. O avô não chega a ser um estranho para ele, mas desde que o pai sumiu não tinha uma referência masculina tão forte. O timbre. A presença — hostil. Não rivaliza com o pai, de quem sente falta; e, embora tenha conversado poucas vezes na vida com Carlito, porque afinal ainda era uma criança quando deixou de vê-lo, tinha a intuição da paternidade em relação ao homem, ou a projeção dele, que acabara de ver dentro do seu quarto, tocando em seu pé, falando-lhe ao ouvido, uma sensação que transcendia o mero vínculo biológico para desafiá-lo a exercitar um sentimento afetuoso que devia envergonhar rapazes, feito ele, crescendo rapidamente. "Não chora, Pedrito".

Só que ele não está pronto para isso; sobretudo, se sente só. Passa os dias em silêncio, Alvim não gosta de barulho dentro de casa. Por isso os amigos, que de qualquer forma nem existem mesmo no novo mundo de Pedro, estão proibidos.

Em vez de brincar, estuda, diz o avô. Quanto mais cedo começar a pensar no futuro, melhor.

Eu, com um pouco mais idade que tu, fui estudar longe de casa, num seminário, voltava só uma vez por ano, no Natal.

E nem davam pela minha falta, era tanto filho que mais um, menos um não fazia diferença.

Nessas horas Pedro deixa o velho falando sozinho, vai para o quintal se entreter com algum besouro derrubado pela ventania, uma goiaba querendo cair do pé, nem cachorro o avô admitia. Nessas horas Pedro só pensa em voltar para casa.

A vó Gerusa, contraponto à rudeza de Alvim, não tem força suficiente para compensar o neto, já que secou por dentro depois de parir Leda e adotar Eládio. Ela faz o que está ao seu alcance, mas amor, Amor, não tem mais dentro de si mesma. E Pedro quer voltar, quer estar perto de Lalinha e quer estar com Quim, quer correr pelo pátio com o Rex, espiar as tias Tereza e Alba enquanto elas fingem tomar banho. O pai vivia dizendo que eram sujas, essas duas aí são sujas, Pedro. Toda a nossa família, Pedro, é suja; toda família tem seus podres escondidos numa latinha de biscoito, Pedro, numa latinha bem fechada de biscoito num canto da cozinha.

Mas Pedro, naquele momento, só sabe que não gosta mais de ser criança. Que almeja crescer o quanto antes, crescer para procurar, ele mesmo, o pai sumido. Num outro endereço, num túmulo que seja. Ou para afrontar a grosseria do avô, a quem tem de chamar de senhor e exibir uma reverência só reservada à negra Nonoca. Ela não é da família, como ele. Nem poderia ser, que ideia, preta como era; iriam rir dele se dissesse que a espia no quartinho dos fundos, um rancho mal enjambrado, com um colchão de palha no chão, ela deitada de bruços, a bunda lustrosa pelo sol da tardinha, as costas ainda úmidas do banho de caneca, gelado, a mão sob o quadril, o suspiro prolongado que antecedia a moleza do corpo, ele apalpando o pinto ainda imberbe, na soleira da porta, o pau de menino já dando sinais de vida, a bunda da negra Nonoca que ele nunca, jamais, esqueceu, mesmo depois que ela sumiu no mundo, fugiu da casa dos avós, negra mal-agradecida, dizia Gerusa, desconfiada do sumiço repentino, ela que tinha pegado Nonoca ainda menina, pros lados da Três Vendas, por caridade mesmo, nunca mais souberam dela, estaria grávida, a Norma?, se perguntava a avó, que nunca, nunca chamava a empregada pelo nome.

Vai ajudar a negra na cozinha, Pedro. Faz alguma coisa, nem que seja coisa de mulherzinha, ouve o vô gritar.

E ri do neto acostumado com a asa da mãe, quase afeminado, ri da mancha na testa, que parece a pelagem de um cavalo, promete para si mesmo transformar aquele guri de apartamento num homem de verdade.

E o senhor vai à merda, retruca ao coronel.

Recebe de volta um tapa na cara. Não chora, guri cagado.

Não chora! Alvim espumando pela boca.

Mas chora, é claro que chora, a cara sanguínea, a ardência esquentando aos poucos a bochecha, o crânio ainda trêmulo, a dor que irrompe à medida que os centésimos de segundo avançam, isso, chora, seu fresquinho de araque, nunca vai ser homem, a avó vindo do quintal às pressas, que foi isso?, toalhas e lençóis pendurados no ombro, não foi nada, Gerusa, o guri caiu, bateu o joelho, não tá tudo bem contigo, Pedro? O menino faz que sim com a cabeça, os olhos vermelhos, a avó tentando descobrir onde estaria a lesão mas não vê nada, o avô desconversa, pergunta do almoço, grita para a Nonoca se vai demorar, "ainda mando essa negrinha embora só com a roupa do corpo", diz aos brados, "vive arrastando as chinelas pela casa como se fosse a dona da casa".

E ainda me aparece loira! Alvim dá uma gargalhada que chega a engasgar, tosse, escarra no chão da sala.

Crioula galega, onde já se viu? Pensa que é gente?

Pelo desaforo de mandar o avô à merda, Pedro fica uma semana de castigo, trancado no quarto, sem direito a TV ou a gibi. Só sai para as refeições e para as necessidades fisiológicas, adverte o coronel.

Tá bom assim? Ou quer mais?

Quer mais. Pedro quer ser gente grande para, um dia, empunhar uma arma.

A mão da mulher envolve a luva de lã com delicadeza. Quando sai à rua, sente o ar gelado no rosto.

Vai dar tudo certo, diz-lhe a mãe.

O garoto tem o pescoço afundado sobre os ombros. O gorro quase lhe cega os olhos, pressionados também por um cachecol que protege a garganta avariada até acima do nariz; pensa que, no frio, a dor será maior, sempre é: quando rala o joelho no inverno, sente primeiro aquela ardência pontual para logo depois percebê-la tomando conta da perna, dos ossos todos, de cada átomo. O corpo devorado por formigas. Por isso evitava a bicicleta. Por isso preferia seus soldadinhos de plástico.

Quando chegam em frente à farmácia, o menino reduz um pouco o passo tentando não pensar no que virá. A mãe reduz a caminhada com ele, quase para, mas com um toque muito sutil, embora decidido, faz o filho acompanhá-la até o balcão.

Bom dia. O que vai ser, dona Leda?

Penicilina. Aqui está a receita.

O homem mira o menino, que desvia ligeiro o olhar choroso. Sente um leve tremor subir pela espinha ao ouvir a expressão: Vou esterilizar a seringa. Volto logo.

Quando retorna, manda-os passar a uma salinha reservada. Fecha a porta. O ar recende a álcool, ele sente o cheiro, forte, e tem vontade de espirrar. Mas se segura. Se espirrar, é provável que urine nas calças.

É melhor não olhar. Não te preocupes, vais sentir apenas uma picada. Depois te compro um doce. A voz da mãe é neutra.

Tenta pensar em outra coisa. Na tia Tereza, que àquela hora devia estar tirando a mesa do café. Nos cavalinhos do seu forte apache, dois brancos, quatro de cor escura, entre marrom e preto, nunca soube identificar direito, nas posições de tiro dos soldados e no índio que brande um machado acima da cabeça. Mas não pode lembrar-se de todos os bonecos, não consegue se concentrar em nada além dos preparativos do farmacêutico, que manipula a seringa com destreza. O homem pede para a mãe baixar um pouco a calça do menino, apenas o suficiente para vislumbrar um naco de músculo, e esfrega com força o algodão embebido em álcool na pele. Gelado. É agora, pressente, Pedro também gelado.

Faz uma cara de choro quando o líquido viscoso, de tom esverdeado, começa a se espalhar logo após a picada. Agarra-se à roupa da mãe tentando despistar a dor, mas ela lhe parece alheia, não nota o desalento do filho, ou não se importa com ele, e quando a função termina puxa a calça do guri para cima com indiferença, é até um pouco rude. A mãe também deve estar sofrendo, especula o menino. Mas não o abraça quando o homem termina a aplicação e retira a agulha com um filete de sangue na ponta; pelo contrário, se ocupa logo das recomendações, uma compressa de água fria deve ser o bastante, ela atenta aos conselhos do homem, quase embevecida, as mãos ocupadas com o dinheirinho contado para o balconista, as últimas notas amassadas na niqueleira.

És um menino muito valente, diz por fim.

A dor é uma invenção maldita. E se Deus a inventou, bem, é sinal de que não gosta de seus filhos. Pedro tenta se segurar mas não consegue, deixa escapar um soluço, depois outro, até o choro invadir a salinha da farmácia. Percebe os olhos ausentes da mãe, elaborando, na cabeça, a agenda do dia que mal começava, escola, afazeres, resfriado, o irmão ainda de colo com o nariz entupido, dois de cama em casa eu não aguento, pelo amor do Cristo, seu Everaldo, me diz que ele vai sarar logo, por favor, não aguento mais tanta lida. Enxerga nela a Virgem Maria, igual à que vê na sala de aula, nos corredores da escolinha, no gabinete da madre diretora, em tudo, os traços serenos, como se sonhasse de olhos abertos, a mãe do Jesus, do salvador, do todo-poderoso. Mas logo se dá conta que não é nada disso, é só o rosto da mãe mesmo, um pouco descabelada, o nariz vermelho pelo frio, sem maquiagem, a praticidade dos gestos, o adeusinho ao farmacêutico sem sequer mencionar a dor que persistia no corpo do filho e que, para ele, era a coisa mais desgraçada do mundo. Quando vai passar? Não dizem que beijo de mãe cura tudo? Então, beija. Beija agora, mãe.

Agora não, Pedro.

Agarra a ponta do casaco da mãe, choraminga, pede colo, se gruda numa de suas pernas, ensaia jogar-se no chão, ela se livra da manha com um safanão que o empurra para o lado, meu deus, o que que eu fiz pra merecer isso diz ela para ninguém, ou para o espírito santo, para a pomba gira, sabe-se lá, mas fala alto, para todos ouvirem, a farmácia toda que àquela hora já começava a encher se vira para a dupla, observam as mãos dela, que tremem antes de buscarem um cigarro na bolsa, a caixinha de fósforo, aqui dentro não, dona Leda, adverte seu Everaldo, claro, claro, já estou saindo seu Everaldo, que ideia, vamos, Pedrinho?, e lhe segura a mão agora sem nenhuma delicadeza, arrastando-o para a calçada.

Vamos voltar pra casa de bonde, mãe?

Não, não vamos. São só três quarteirões, o bonde demora, pra que desperdiçar uma passagem com isso? A promessa do doce também não se cumpriu, Pedro arrasta a perna avariada pela injeção de penicilina, consegue arrancar um colo da mãe somente na metade do caminho, dona Leda, com os bofes pra fora, ainda para no mercadinho, faz as compras do almoço, verduras, tudo pela hora da morte, seu Toni, feijão a granel, que é mais barato, uma das cunhadas escolhe depois, compra também um pacote de bolacha sortida, que Pedro não gosta, são murchas, é o que dinheiro permite, Pedro, não enche, quando der te compro uma latinha de Toddy, anda, ligeiro, pra não pegar frio, guri, se não tem que tomar outra injeção na bunda, ele tosse, uma tosse seca, tosse de cachorro.

A mãe organiza pequenos jogos entre a família: na noite daquele Natal, distribuiu pedacinhos de papel dentro de um saco de pano, com a frase no próximo ano eu quero, e depois de todos preencherem recolheu as respostas, guardou-as dentro de um saco de pano e abriu apenas uma semana depois, no Réveillon.

Ninguém gostou muito da brincadeira. Lalinha só desejava ficar quieta no seu canto, triste como sempre. Ouve vozes, diz que conversa com Carlito, sabe onde o pai se encontra. Já está alfabetizada; dali a poucos anos irá acentuar o isolamento e será vista por todos na casa apenas entre livros e revistas — dos quais viverá profissionalmente no futuro. A mãe, aos poucos, vai até mesmo esquecer como é a voz da filha.

O Quim, pequeno demais para participar do joguete, apenas observa a movimentação, o esforço dos maiores para preencher o papel, os primos todos na festa, as tias, emburradas, não acham graça naquilo, é dar corda pra enforcado, diz a tia Alba, com o consentimento de Tereza, que besteira, completa a mais velha das irmãs, sempre com uma palavra de desaprovação pronta para sair da boca, parece até que colecionam amarguras durante a noite, mas dona Leda insiste, é preciso que todos escrevam, é preciso ter esperança, sonhar, acreditar em algum futuro, rezar para que amanhã seja melhor que hoje, senão aí é que se perde a graça.

Pedro, com sua letra ainda incerta, escreveu uma frase curta: que todos morram.

A mãe já achava que ele tinha problemas. Sim, tinha se perguntado isso mais de uma vez, talvez saindo do banheiro, numa noite fria de primavera, tenha dito para si mesma, assim, genericamente, diante do espelho; ou quem sabe preparando o café das crianças, tentando tirá-las da cama numa manhã chuvosa que tinha tudo para ser passada em casa, mas não dava: havia a escola, os deveres, e ela precisava trabalhar, os filhos em casa, sozinhos uma manhã toda, era impensável, as tias Tereza e Alba mal davam conta das coisas da casa e também não eram empregadas, tinham lá seus afazeres pessoais, já imaginou com três em casa? Dona Leda havia se perguntado, sim, só não lembrava quando: será que o Pedro, meu Deus, é doente dos nervos?

Será que meu Pedrinho está nesse ponto, de desejar a morte de todos nós?

Dona Leda sente um calafrio ao ler, estarrecida, a mensagem do joguinho que experimentou, a conselho de quem mesmo? Nem lembra. Era só para alegrar um pouco a casa, entrevada pelos acontecimentos recentes. Nunca tiveram notícias de Carlito, só pistas falsas; recebeu uma carta, um dia, assinada por uma mulher relatando que o marido estava morando em Montevidéu e que constituíra outra família, estava feliz e pedia que o deixassem em paz. Mas era uma carta sem assinatura, sem um nome sequer, postada do interior de São Paulo, a letra nem era do marido, como confiar? Da outra vez, disseram num telefonema que o marido havia sido visto em um casarão na rua Santo Antônio, pelo que entendeu um lugar escondido onde as pessoas apanhavam muito e entregavam mesmo quem não conheciam, só para ficarem vivas. E nem assim ficavam, pois era difícil escapar de lá. Era uma voz de homem ao telefone, mas perguntado disse apenas se tratar de um amigo, que queria ajudar e que dona Leda procurasse um advogado chamado Jairo, ou Jair, Jaime, ela não lembra mais, que poderia dar apoio, só isso, nada mais. Mas nunca procurou o tal advogado, não tinha sobrenome, nem sabia por onde começar, como confiar?

Por isso resolveu aplicar o joguinho. Não era para provocar a ira de ninguém. Não era para levantar questões. Só sabe que não acredita no que lê. Um menino de oito anos. Olha para o papel e sente que vai desabar, então chora abraçada a Quim, depois da virada do ano, dos fogos, da cachorrada desesperada de tanto latir, das musiquinhas de sempre. Deixa cair o pedacinho de papel e vai para o quarto, nem quer mais saber da ceia, o pernil frio sobre a mesa, porque porco cisca pra frente, a farofa que a mãe trouxe, as frutas, o cardápio obrigatório e, francamente, odioso do Réveillon. Ninguém entende muito bem o que aconteceu, até que Alba se depara com o bilhete e fica furiosa, segura Pedro pelo braço e chega a lhe dar dois ou três tapas na cabeça antes dele se refugiar sob o balcão da copa, onde ninguém o alcança, assustado, mas sem arrependimento. Todos vão atrás da dona Leda, Pedro fica sozinho embaixo do armário.

Quando escreveu todos estava pensando nas freiras do colégio. Só que não sabia como escrever isso direito. Na verdade, queria mesmo era ter o pai de volta, só que a mãe tinha advertido que se tratava de uma brincadeira, não era para deixar o clima do Natal mais melancólico ainda. Mas ela não entende: que todos morram? Tá certo que a guerra era transmitida todos os dias pela TV, a mãe se questiona, atirada sobre a cama, tentando entender a cabeça do menino. O rádio também transmite o som das bombas explodindo todo santo dia, aviões que cruzam o ar, o repórter diz que estão bombardeando seu comboio, estão bombardeando aqui em cima de nós, a toda hora o repórter diz que o mundo vai acabar, o mundo vai acabar, e Pedro se lembra muito bem disso ao escrever seu desejo, a mãe também não gosta das notícias e vai dizer isso a ele depois que a noite passar, depois que todos forem dormir e outro dia amanheça e as coisas voltem, na medida do possível, a seus lugares.

Mas não agora, enquanto Pedro está sob o balcão da copa apenas ouvindo a explosão dos fogos — Tereza o proibiu de ver, como castigo pela frase infeliz, e na ausência do pai as tias se acham no direito de impor suas regras e condições para manter a disciplina na casa do irmão. Agora Pedro pensa no que fazer: sim, ele sabe onde está a arma do pai, na prateleira mais alta do guarda-roupa, camuflada sob uma montanha de roupas que nem se usam mais, para que as crianças não o achem, que isso aqui não é brinquedo, é para ser usado em emergências, embora Pedro não apenas saiba onde está escondida a arma (a irmã também sabe) como a manuseia com frequência (isso Lalinha não sabe); tira-a cuidadosamente do esconderijo, enrola em uma flanela, coloca na caixa do forte apache e vai para o pátio brincar de matar os inimigos do pai, que podem estar entre as árvores do pomar ou pode ser aquele bem-te-vi piando na antena da TV, ele mira para lá e simula um tiro com a boca, ou no cachorro da vizinha que não para de latir, ou naquele mamão dependurado no pé, que ele calcula, pode ser estraçalhado com sua pontaria. As tias não veem nada, estão nos afazeres domésticos, ele se esconde no pomar e fica muito tempo manuseando o revólver, um pouco mais pesado do que suas mãos de menino aguentam, mesmo assim se imagina capaz de defender a mãe e os irmãos, e as tias também, e a vó, por que não?, das ameaças que ele imagina estejam do lado de fora da porta. São os comunistas? São as pessoas que não acreditam em Deus? Ele acredita, embora ainda não saiba rezar.

Pedro inclui as freiras no rol de seus desafetos porque foram elas que contaram, com uma dose de perversidade, que o pai estava preso. Preso num quartel. Ele lembra que a vó viajara ao Rio duas vezes, nos últimos meses, numa delas com a dona Leda, mas ele não sabe por quê; lá encontrou-se com o outro filho, Eládio, militar de baixa patente, andaram batendo perna, fuçaram daqui, fuçaram dali, com muito cuidado e com muito respeito, não estavam questionando ninguém, sim, é claro, coronel, o senhor tem toda a razão, mas nada de descobrirem o paradeiro do Carlito.

Deus tá te protegendo, Pedrinho.

Protegendo do quê, irmã Joana?

Das pessoas más.

Meu pai é mau?

A noviça, a mesma que o havia levado para a sala da madre superiora no dia do velório da freira velha, não respondeu, mas olhou para o aluno com a certeza de que ele jamais esqueceria a cena: teu pai tá preso, sabia, Pedrinho? Teu pai tá preso num quartel.

Não, Pedro não sabia. Não sabe. Aliás, ninguém sabe.

Mas a freira sabe, ou faz que sabe, ou conta uma lorota apenas para torturar o menino que, dia desses, foi apanhado se masturbando no banheiro da escola. E que num outro dia desses não fez o sinal da cruz quando velaram a irmã Benedita no ginásio do colégio, a freira quase centenária não saía do convento há mais de cinquenta anos e a madre achou de bom tom obrigar os alunos a prestarem uma última homenagem àquela figura santa que educou tantas meninas (quando só havia meninas) e tantos meninos para o caminho do bem, da pureza, da verdade e de Deus. Então, mandou que todos e todas passassem em frente ao caixão e fizessem o sinal da cruz, mas Pedro não fez porque na sua casa ninguém rezava e ele nem sabia como era isso, que sinal era aquele, só via que faziam no início das aulas, estava na escola há poucas semanas, não sabia quem era aquela mulher muito velha com cheiro azedo deitada sobre um colchão de flores, nunca a tinha visto, duas bolas de algodão nas narinas por onde deveria passar o ar, por isso não fez o sinal da cruz diante do corpo, a noviça Joana, uma colona forte e de pés grandes, sempre calçando sandálias e meias, que era uma espécie de fiscal da disciplina, puxou discretamente a orelha dele, na fila mesmo, mas forte, muito forte, ela que passara a manhã toda sentada ao lado do esquife observando cada aluno e aluna que passasse, reprimindo com energia os risinhos e beliscões entre si dos estudantes mais velhos, empurrando à frente os mais novinhos, que resistiam a passar pelo caixão, Pedro deu um grito quando sentiu o puxão na orelha:

Ai, sua filha da puta.

Acabou na sala da madre diretora, de castigo.

O sumiço do pai agora é assunto proibido em casa. Resta apenas uma foto dele sobre a cômoda, fumando com o avô, pai do Carlito, de uniforme, quepe, gomalina no cabelo, e uma outra mulher ao lado deles que Pedro não sabe quem é. Não viu a cena da prisão; não sabe, teve de juntar os cacos que ouviu aqui e ali para reconstituir a tarde em que buscaram o pai em casa, dois jipes desceram a rua da casa deles (alguém disse que era apenas um, outros falaram em quatro), fecharam o tráfego nos dois sentidos, quatro, ou seis, houve quem mencionasse dez homens de farda que abriram o portão, o motor do Corcel, novinho, do ano, ainda quente, os soldadinhos esmurrando a porta poucos segundos depois de Carlito ter entrado em casa, ter beijado dona Leda, jogado o boné no cabide, a surpresa, ninguém sabe se o colocaram no carro branco e preto da Polícia que chegou junto com os jipes ou se foi escoltado pelos homens de farda até sumir na esquina, a vizinhança toda nas portas, nas janelas, a mãe revoltada, as gavetas do escritório reviradas, isso faz quanto tempo, uma semana, três anos, a vida toda?

O tempo, para uma criança, é uma espécie de rio que não acaba nunca.

E aquele homem com um olho furado, sorriso torto na boca e uniforme de militar que aparece na TV, é o quê? Ele é que havia sumido com o pai, imagina, embora desconfie que as histórias não têm muita relação, pelo que ouviu dos relatos, os uniformes são diferentes, imagina o homem do tapa-olho descendo a rua em frente à casa no seu jipe de guerra para comandar o serviço, dar as ordens necessárias, afastar os curiosos — quem sabe até com alguma violência. Pedro pensa que, se estivesse em casa naquela tarde, pegaria o revólver do pai e, mesmo com as mãos trêmulas, alvejaria o homem, faria-o cego e imprestável, e se sobrasse uma bala, ou mesmo duas, jura que subiria a ladeira em direção ao colégio e deixaria sua marca na carne da noviça Joana d'Arc, que lhe disse naquele mesmo dia em que deixou sua orelha ardendo pelo beliscão: teu pai é um puto de um comunista, sabia, Pedrinho? Um puto de um comunista.

Um abismo: Lurdete.

O tio Eládio tem uma filha. O tio passou uma semana com a família em Porto Alegre depois que Pedro voltou de Cachoeira, talvez para auxiliar dona Leda a elucidar o sumiço de Carlito. O irmão, militar de baixa patente, nunca dava palpite, nunca sabia de nada, uma esfinge, falava com um sorriso congelado no rosto, um sorriso perturbador: de que se ria tio Eládio? Em todo caso, consta que tentou ajudar, ninguém some assim sem deixar vestígio algum, do nada, só com a roupa do corpo. Era o que pensava, embora não tivesse eficiência alguma na busca, não tinha contatos, não era articulado, tampouco bem-informado, um tipo de vegetal dentro da caserna. O único mérito do tio, para Pedro, foi ter feito Lurdete.

Os primos só se conheciam de ouvir dizer, nunca haviam se encontrado. Uma ou outra fotografia de família, nada mais. Quando a viu, Pedro ficou olhando para a garota como se fossem de espécies diferentes: tinha pelos esbranquiçados nos braços e pernas e o corpo queimado do sol que contrastava com a palidez mortiça do primo. Chiava nos esses, um chiado que o perturbava, não por ser estranho, diferente; por deixá-lo excitado.

Nunca tinha ouvido uma fala daquelas, a prima parecia uma feiticeira com seus erres e esses muito pronunciados. Lurdete era mais velha que ele, mas não muito — um ano? Devia então estar por volta dos treze. Uma criança. Mas o corpo despontava. Parecia uma agulha que lhe furava a carne de tanto que doía. Tampouco ela sabia da existência do primo, um pirralho que, àquela altura, nada tinha a lhe oferecer — ela que já empinava os peitinhos recém-formados e que, logo percebeu Pedro, tinha coxas grossas (jogava vôlei no colégio

Elza Campos). Trocava algumas palavras com Lalinha, mas a irmã, sempre arredia, ainda mais depois do sumiço do pai, preferia resguardar um recato quase religioso em matéria de amizades: desconfiava da parente carioca que vivia mascando Adams, além de ser espalhafatosa para os padrões da província: usava um short de cós baixo, que em geral deixava à mostra um fiapo da calcinha, e uma blusa tomara-que-caia incapaz de conter os seios já se avolumando. Lalinha não se surpreendeu quando soube que a prima menstruava.

Parece mentira, mas mesmo com uma irmã quase da mesma idade, mesmo com a casa atulhada de mulheres, as tias velhas, a mãe, a avó, que muitas vezes passava semanas entre eles, Pedro nunca havia tocado em uma calcinha. Nunca. Visto, sim. Muitas. No colégio, na rua, amarelas, cor-de-rosa, azuis, brancas, estampadas, de vários tipos. Em casa, jamais. É que as tias tinham ordem expressa da mãe (ou seria da avó?) para jamais estenderem roupas íntimas em varal algum do pátio, e isso valia para combinações, calcinhas, meias de náilon, camisolas. O que os vizinhos pensariam se vissem um varal com as roupas íntimas de quatro ou cinco mulheres? Seria uma vergonha. E quando cruzassem com algum desses vizinhos no armazém do bairro? E se percebessem que o homem em questão (ou a mulher, já com uma pontinha de veneno) podia estar tentando adivinhar qual combinação, daquelas que vira pendurada no varal, usavam por baixo do vestido? Nem pensar. Para Pedro, era um mistério: sabia que secavam num canto reservado da cozinha, um pequeno toalete de serviço banhado pelo sol da tarde e protegido por duas voltas na chave. Eram tratadas como metais preciosos.

Lurdete, é natural, ia dividir o quarto com Lalinha, ocupando a cama dela, e que a prima dormisse no chão mesmo, no colchonete reservado para isso, ordenou a tia Odete, com a aprovação, submissa, de dona Leda. Nascidas e criadas no Rio de Janeiro, Lurdete e a mãe petulante não tinham muita paciência com a cafonice dos parentes interioranos, com a esquisitice de Lalinha, que não sabia conversar e se interessava apenas por livros ilustrados, queria ser escritora, com o primo magricela e sem pelos na cara, além da carquilha permanente na testa, o mais novinho a cunhada, pobrezinha, segurava como podia a barra daquela família, Odete relutava em visitar os parentes do marido, mas agora o caso era outro, o Carlito havia desaparecido, esse meu cunhado sempre foi um babaca, dizia para o capitão Eládio, não sei de nada, ele respondia, e os dois riam na cama de casal da dona da casa, que foi dormir de bom grado no quartinho das tias, despachadas por uma semana para a casa da vó Gerusa, os visitantes cheios de cobertas, não porque fizesse frio, mas porque, vivendo no Rio, não suportavam nada abaixo de vinte graus sem entrar em pânico, a Lurdete não, para ela era tudo novidade, senta-se na ponta da cama de Pedro antes de se instalar na peça ao lado, no quarto que ele divide com o pequeno Quim, e olha os pôsteres colados na parede, a foto do Kiss, os rapazes quebrando guitarras e soltando fogo pelas ventas, uma outra foto do Queen, o Freddie em primeiro plano, com as mãos cruzadas sobre o peito, ela pergunta de quem são, Pedro responde que são dele, é claro, os cartazes só podem ser dele, não seriam do pirralho do Quim, a garota solta um risinho maroto, quem são esses caras, ela retruca, sem chamá-lo, embora chamando-o, de idiota, diz que curte mais o Peter Frampton e chega a cantarolar um trechinho de "Show me the way", não gosto desse visual aí, já viu como o Peter é bonitinho, e olha para o primo com um desdém inegável, os cabelos mal cortados, o sinal na testa, o corpo magro e sem músculos, nem sabe mesmo quem é Peter Frampton, desdenha ele, mas trava na hora, sente que fica ruborizado, procura seu time de botão mas percebe que será um idiota, de fato, se o mostrar a ela, então ouve a mãe de Lurdete gritar do outro quarto que está na hora do banho, antes que esfrie mais ainda, que terra gelada, meu Deus, puta que pariu, logo depois vão jantar e dormir cedo porque a viagem foi longa e estão todos cansados e as visitas não podem incomodar e quá-quá-quá, a velha não para de grasnar feito uma pata e Pedro percebe, olhando para a prima, que lhe vira as costas com graça e decisão, que está obcecado por ela.

Ao mesmo tempo, sabe, por meio das tias Tereza e Alba, que não se cobiça uma prima. Mais: que não se é sequer amigo de prima, apenas de primo. Está bem que se conheçam, afinal são parentes, mas que mantenham distância, uma distância segura que não faça deles muito íntimos, que não troquem segredinhos e nem confidências, não caiam em armadilhas como essa teia que, agora, enreda Pedro, inebriado pelo aroma da prima, um cheiro diferente, de roupa usada, um cheiro de cebolinha frita, aquele cheiro que o fazia tremer de frio, mas também de calor, prestes a ser devastado por um raio que o cortaria ao meio e o deixaria torrado como um bacon.

A prima se vira para ele uma última vez antes de sair do quarto, olha-o fixamente, como se o provocasse, vê que ela tem a boca rosada, um pouco úmida, os dentes avançam em relação aos lábios, não tanto quanto os de Freddie Mercury, mas são bem visíveis, salientes, e pensa que isso é apenas mais um detalhe a lhe entorpecer, percebe que ela se fixa na sua cicatriz e ele inventa uma lorota, caí da bicicleta numa corrida, ele que sequer dava a volta na quadra porque a mãe não deixava. Lurdete se detém um pouco, se agarra ao marco da porta com as pontas dos dedos de uma mão e estica o outro braço, deixando o corpo pendente para alcançar o rosto do primo, leva os dedos à cicatriz, passa-os pela fissura de Pedro e pergunta se dói.

Não, responde. Nem doeu. Minha bicicleta era imparável.

Ela finge que acredita, sustenta o braço que flutua sobre o crânio do primo e, depois, pressiona a cicatriz com força. A ponto de deixar uma mancha avermelhada sobre a pele.

Bebezão!

Ela volta para pegar a maleta de roupas que havia deixado junto à cama. Remexe na valise, saca um pijama. Ainda possesso, Pedro vê. É uma calcinha, que acabou misturada com outras roupas, camisetas, um lenço, duas bermudas (é sempre verão no Rio?), uma minissaia jeans, um par de Bamba, branco, meias, meias e, não sabe bem por quê, luvas pretas. De couro. A calcinha é vermelha. Ele nunca viu uma calcinha vermelha. O triângulo é mínimo, seguido por um fio da largura de um dedo na parte de trás. Um dedo de criança, magro. Está jogada entre as roupas, mas ele a vê nitidamente. Sente o corpo amolecer. Pedro olha para os lados e percebe que Lurdete entrou no banheiro, ao lado do quarto. Chaveou a porta. Ele ouve o ruído do chuveiro, a água caindo, e pensa na prima esfregando as coxas, alisando os peitos e se masturbando ao pensar nele com a guitarra preta do Peter Frampton, a camisa aberta, as mesmas costeletas e os cabelos soltos na testa. Toda a casa está em silêncio, com exceção do banheiro onde Lurdete se masturba pensando em Pedro Frampton. Leva a mão à sacola de roupas e toca no tecido vermelho. Suave, como sempre imaginou. Esfrega os dedos para sentir a textura. Macia. Com a ponta do pé empurra a porta do quarto, que se fecha com delicadeza. Sem estardalhaço. Ele puxa a calcinha do emaranhado de roupas, sempre com o ouvido no chuveiro ligado. Está com ela. É toda sua. Esfrega entre as mãos, passa-a pelos dedos, como se tocasse no conteúdo que normalmente abriga — para ele, mais que precioso bem. Raro. Num movimento súbito, leva-a ao rosto. Cheira, esfrega na boca. Fica assim, sentindo o tecido entre os dentes, a língua, o nariz, tenta decifrar odores antigos, imagina a calcinha no corpo de Lurdete, a prima de quem sequer lembrava da existência até dois dias atrás, o cheiro, forte, da xoxota da garota, Pedro fica ali a manejar aquela coisa minúscula, menor que um lenço, sem entender bem por que tanto mistério, é só um pedaço de pano com cheiro de secreção, até dar de cara com o tio Eládio entrando no quarto depois de um empurrão grosseiro na porta, a mochila da Lulu ficou aqui?

O tio primeiro ri da cena, para ele ridícula: o sobrinho com uma calcinha enfiada na boca. Com a calcinha da sua filha. Desnorteado, estapeia o rosto do sobrinho.

Tarado de merda. Não tem vergonha não, seu bostinha? E arranca a calcinha das mãos do garoto, que não reage.

Pedro pensa, com a cara ainda em chamas. E chega à conclusão que não. Não tem vergonha alguma do que fez.

3

Consegue um hotelzinho com preço bom na Amadora, a cerca de vinte minutos de caminhada da estação Reboleira, de onde um comboio o deixaria em pouco tempo no Bairro Alto ou na Alfama, se quisesse mesmo frequentar esses destinos de europeus ricaços e brasileiros remediados. Prefere se refugiar em um lugar mais distante e discreto, e o residencial em que alugou um quarto tem tudo de que precisa: acesso à internet, uma cama e um pequeno armário onde colocar as roupas, mesinha onde cabe o computador e uma janela para o jardim, que no inverno está seco e sem vida. É perto de um enclave rodoviário gigantesco, que dá acesso ao túnel que leva às Portas de Benfica pela A-36 e, dali, por meio de um complexo de viadutos, elevadas e mais túneis, até a ponte Vasco da Gama. É uma zona de grande densidade populacional, que recebe imigrantes de variadas nacionalidades. Um ótimo lugar para sumir, de frente para os castelinhos rodeados de edifícios.

A dona do residencial, que fica ao lado do gracioso Jardim das Marias, é uma velha que lembra sua avó, a mãe de Carlito, sem pescoço, com uma corcunda nas costas, vestida de um luto fechado e com cara de pouquíssimos amigos. A pensão parece-lhe clandestina, não há placa na porta, são apenas três quartos para um banheiro, e a dona fala baixo, sem alarde. Quando percebe que é brasileiro, fecha ainda mais a cara, avisa que os banhos são restritos a um por dia e, com o dedo em riste, adverte que lhe cortará a água se perceber algum abuso. Tem dificuldade para entendê-la, o passaporte lhe assegura alguns direitos civis no país ibérico, mas não o de compreender uma portuguesa tendo chiliques por causa de um banho.

E nada de ter por cá com raparigas, está feito?

Dá um sorriso para a velha, que responde com uma cusparada no chão, e se recolhe ao quarto. Atira-se à cama, dura e cheirando a mofo, e se lembra da beleza negra de Matilda. Não a viu sorrindo, mas imagina uma boca de dentes alvíssimos e lábios arroxeados — aprendeu com Alba e com Tereza que as brancas tinham lábios rosados, enquanto as pretas ostentavam beiços roxos, e não é batom, dizia Alba com seu sotaque de interior, são assim mesmo, roxos, carregando no erre, rrroxos. Falava sobre as negras da vizinhança, e a tia Tereza, que fora criada numa comunidade alemã, emendava que as escurinhas tinham sovaco, querendo dizer que fediam. Pedro ouvia essas histórias e tentava lembrar de alguma colega de cor na sua sala de aula, porque as freiras não diziam negra, diziam de cor, ou amorenada, e não lembrava, conseguia apenas pensar em uma colega de escola, de quem não guardara o nome, mas que não era preta, não totalmente, usando maria-chiquinha nos cabelos muito crespos como se fossem as duas orelhas da Minnie, duas bolinhas para cima, e ela nunca desatava os cabelos, diziam que a madre diretora a havia proibido de circular com os cabelos soltos "por questões sanitárias", piolho, essas coisas, e a diversão dos garotos era apertar o penteado da colega como se fosse uma buzina e gritar fonfom bem alto, na orelha dela, que levava um susto, choramingava, mas depois já estava correndo pelo pátio de novo com as amigas. As meninas de saia plissada azul-marinho, as brincadeiras de polícia e ladrão nos recreios, os agarramentos; com sorte, conseguia ver a calcinha de algumas delas.

Até que um dia se engalfinhou com a Regininha numa dessas correrias, os dois caíram, rolaram um por cima do outro, ele grudou o corpo no dela e ficaram assim, enganchados por alguns segundos, tentando se levantar, poucos segundos, o suficiente para Pedro sentir que o pau de moleque se movia, ganhava tamanho, ele que nunca sentira nada parecido, o falo crescendo à medida que seu corpo roçava na Regininha, que tentava se desvencilhar e era menor que ele, bem menor, então custava a sair, talvez tenha sentido o volume sobre as coxas quando começou a espernear até conseguir, enfim, se safar. Pedro levantou-se com os joelhos ralados e viu a colega olhando para o volume entre as pernas dele, pulsante; não imagina o que possa ter pensado antes de virar o rosto e se afastar, a irmã Rosa já havia batido a sineta e o pinto de guri, duro ainda, sob o calçãozinho da escola; levou a mão lá dentro para ocultá-lo e sentiu a baba brotando da ponta, um líquido que colava entre os dedos e deixava o pau muito sensível.

Não voltou para a aula, refugiou-se no banheiro, entrou numa das latrinas fedendo a merda velha e acariciou o pau ainda bem duro, ele de pé mesmo, de frente para a porta, primeiro devagar, depois mais rápido, como se o massageasse, mais rápido mais e mais e mais, a imagem de Regininha contida entre suas pernas, a tremedeira da Regininha, a lembrança difusa de tia Alba com os peitos empinados, duros, que ele tinha visto um dia pela janela do banheiro, ensaboando os mamilos como se desse de mamar a si mesma, as noites com a prima, os dois na mesma cama, baixando o pijama e se esfregando mutuamente, mais e mais e mais, até lembrar da mãe lhe dando banho, lavando seu corpo com precisão para limpar cada orifício, uma energia que o excitava, mais e mais e mais até sentir um calafrio que subia pelo corpo todo, um tremor que ele não sabia se era de doença ou o quê, seguido de uma golfada com um líquido espesso e morno que o fez gritar, com medo de morrer. A gosma se esparramou pela mão, caiu no calção arriado, melou os joelhos. Pedro ficou mais uns minutos no banheiro, ofegante, sem saber o que fazer, até que ouviu passos e a voz da irmã Rosa chamando seu nome, Pedro, Pedro, é tu que está aí, meu filho?, responde, aconteceu alguma coisa?, e ele lembra, antes de adormecer na cama do hotel, que vomitou uma gosma branca e respondeu para a freira que tinha urinado nas calças.

Acorda e percebe que já é noite em Lisboa. Quanto tempo dormiu? A cabeça pesa, parece que ficou deitado uma semana, o corpo está dolorido, levanta-se com dificuldade, sente frio, busca se agasalhar e descobrir as horas. Oito de uma noite escura, sem lua aparente. Também está com fome. As duas coisas que mais teme na vida: frio e fome, ambas derivadas da pobreza que se instalou em casa depois do sumiço do pai, a mãe tendo que dar aula em três colégios para conseguir criar os filhos, o Quim deixado aos cuidados das tias, ele com a vó Gerusa e com o vô Alvim, a Lalinha, chorosa, reclusa e incomunicável, e as tias sempre folgadas cochichando pelos cantos, como se fossem mais fiscais do que auxiliares, ele sem entender bem o que se passa, o movimento intenso, as luzes acesas até tarde, a mãe voltando para casa depois da novela, ela que nunca perdia um capítulo, as tias praguejando pelo desaparecimento do Carlito, irmão desnaturado, vagabundo, dizia Alba, nunca quis trabalhar, só quer saber de política, aquele mulherengo, retrucava Tereza.

Arruma seus pertences e trata de esconder parte do dinheiro que, calcula, deve dar para pelo menos um ano, se for parcimonioso, à sua maneira: não vai abdicar do conforto, de forma nenhuma, mas certamente precisará se adaptar ao transporte público (que parece bom), a uma certa simplicidade no vestir e a esbanjar menos na gastronomia (notou que os vinhos nacionais são em conta). Já doeu ter de vender o Mini Cooper creme de capota vermelha, seu xodó, as lanternas traseiras imitando a bandeira da Inglaterra, se emociona só de pensar no auto. Mas deixá-lo parado, nem sabe por quanto tempo, seria pior. Além do quê, algum dos irmãos podia se aventurar a tirá-lo da garagem para uma voltinha pela Orla, para brincar de rico, então vendeu prometendo a si mesmo que teria outro, se não igual, pelo menos parecido. O dinheiro será necessário nessa nova fase. E tem também a indenização do pai, pela qual batalhou sozinho.

É mais um dos tantos pactos que os dois fizeram ao longo da vida, a mãe nunca escondeu uma certa predileção pela primogênita, mesmo sendo ele o primeiro meninão que saiu de seu ventre e não merecia passar por todas as provações que experimentou, não mesmo, ela entendia sua revolta, foi privado de muitas coisas na infância com a situação criada a partir do sumiço do pai, aguentou tudo sem reclamar, o coitadinho, mesmo quando teve de deixar a família, e a escola, para amenizar o dia a dia da mãe e passou a ser perseguido pelos colegas do Adventista, que zombavam da sua magreza, das roupas de cidade, meio femininas, da falta de habilidade com um cavalo. Pensa que a mãe não lhe deu escolha e a odeia por isso. Quim, três anos mais novo, sempre pareceu a Pedro mais preparado. Era arredio às aporrinhações das tias Alba e Tereza, esperneava quando era necessário, sempre foi indomável. Vivia ralado, com a cabeça quebrada. Pedro, não: a não ser pela marca na testa, nunca se expôs a nenhum tipo de risco — dentro e fora de casa. Tinha uma evidente fama de covarde.

Antes de sair para buscar onde comer, consulta a internet para se certificar de que será possível encontrar algum bar ou restaurante aberto no bairro. Não é um subúrbio muito comercial, a Amadora. Nem se trata de um bairro, mas de um município independente da região de Lisboa que, apesar de muito pequeno, concentra uma enorme população para os padrões locais. Tenta encontrar um paralelo com Porto Alegre e pensa nas cidades suburbanas à capital, cidades que nunca visitou, sequer sabe como chegar a elas, quanto mais morar, viver, com suas moradias espartanas, atulhadas de trabalhadores braçais e de mulheres cheirando a Fandangos. Mas ali é tudo diferente, lembra que está na Europa, onde as coisas funcionam, onde os impostos pagos, de fato, revertem em benefício da população. Sai à rua e sente uma baforada de ar frio, estava confortável no quartinho diminuto e abafado da pensão, há pouca gente na rua, é uma noite de domingo, no dia seguinte há que se trabalhar, levantar cedo, movimentar a roda da economia, a fome arrefece, gostaria de ter tomado um banho, mas lembrou das palavras da dona Aurora, um banho por dia, resolve não arriscar, a velha parece tinhosa. Se aproxima de uma pizzaria movimentada, cheia de luzes, grupos de jovens do lado de fora, bebendo, a maioria negros, conversando, pensa que pode ser um bom lugar para passar o tempo, do lado de dentro há casais e algumas famílias comendo pizzas e tomando Coca-Cola, algumas devoram francesinhas que parecem apetitosas, decide se empanturrar na primeira refeição em solo português e pede logo uma garrafa de tinto, oito euros, menos do que em qualquer supermercado brasileiro, se sente empoderado, com a guaiaca cheia, como diria o vô Alvim. Observa os adolescentes do lado de fora, riem e se divertem, talvez levem uma vida digna, estão seguros, pensa que terão um futuro promissor, muitos são negros, volta a notar, mas não se sente ameaçado como no Brasil, não mesmo, até acha a cena bacana, estão bem vestidos, parecem educados e respeitosos, limpinhos como diria tia Alba, e nisso percebe um rosto familiar, reconhece os olhos amendoados de Matilda, os olhos que sorriram para ele no aeroporto, os olhos mais escuros que já viu e que não lhe saíram da cabeça desde então. A menina não o vê, está absorta com as brincadeiras de seus amigos e amigas, devem ser colegas de escola, vizinhos de bairro, o sorriso, agora sem máscara, é como ele havia imaginado, alvo e perfeito, não vislumbra a cor dos lábios pois está longe, percebe, agora com mais clareza, que a jovem tem seios grandes sob um top bastante justo com uma jaqueta de lã por cima, crianças não sentem frio, ele pensa, antes de acariciar o pau por cima da calça, aperta-o e sente que está inchando, a garçonete lhe traz a francesinha fumegante e ele se atraca no sanduíche típico, a fome volta com rapidez e, enquanto come, acompanha com os olhos todos os movimentos de Matilda, a atenção com que ouve os amigos, as gargalhadas com as meninas, devem estar falando de garotos, com certeza, ela se afasta do grupo e entra no restaurante, vai em busca do banheiro que fica no fundo do corredor, é necessário passar por caixas de garrafas e mantimentos, Pedro a segue com os olhos, está terminando a refeição, a jarra de vinho está pela metade, é um vinho possante, sente-se levemente alto e decide, num ímpeto, também ele utilizar o sanitário para se aliviar, é apenas um banheiro para todos os clientes, ainda escuta a chave girando depois que Matilda entra, ele espera a porta reabrir e sente que a ansiedade aumenta. Continua excitado.

O banheiro é próximo da cozinha, garçons e garçonetes entram e saem com bandejas de pizza, com bifes, francesinhas, o lugar está movimentado, a cabeça roda um pouco com as luzes, os ruídos, a movimentação frenética dos serviçais, o vinho. A menina demora a sair, forma-se uma pequena fila de rapazes atrás dele no corredor estreito, que conversam entre si, desatentos, finalmente ouve a chave girar e Matilda deixa o sanitário. Ficam de frente. Ela tem quase a sua altura, é muito bonita e Pedro calcula que deve ter entre quinze e dezesseis anos (o que lhe dá uma certa apreensão excitante). Posta-se então bem à sua frente, como se impedisse a passagem; a garota, constrangida, tenta desviar do corpo do homem, que, de forma premeditada, se desloca para lá e para cá, ocupando o mesmo lugar no espaço por onde ela tenta passar. Os dois riem da casualidade, trocam um olhar, a menina enfim consegue abrir um naco de espaço mas Pedro deixa o corpo roçar suavemente nas suas coxas, o pênis flácido esbarra no que imagina ser o púbis da garota, ele nota haver um piercing cravado no umbigo, e depois, num movimento delicado, leva uma das mãos aos seios dela, protuberantes como as brasileiras, pensa ele, esbarra com a mão esquerda de forma sutil antes de fechar a porta do banheiro atrás de si. É um toque quase imperceptível, embora Matilda vá narrá-lo com detalhes para seus amigos logo a seguir. Acidental, Pedro dirá mais tarde aos policiais. Sente a firmeza da carne, imagina os mamilos túrgidos. Fica nervoso, começa a suar, embora não faça calor. Pensa na beleza de um potro selvagem solto no campo, aos pinotes. Um potro negro, clamando cavalgadura. Olha-se no espelho e ri da metáfora brega, típica dos seus compatriotas. Não tem vontade alguma de urinar. Abre a torneira e deixa a água escorrer, ruidosa, pela pia. Depois, de costas para a porta, acaricia o pau pendente para fora das calças, massageia com gosto, exibindo-o para si mesmo, vira-se e olha os desenhos pornográficos que costumam enfeitar banheiros públicos de todos os lugares do mundo. Num deles, lê a frase logo abaixo de um símbolo feminista: vamos cortar sua picha, paneleiro.

Lava o rosto com vigor e volta para a mesa.

Só quando termina de tomar sua jarra de vinho é que percebe uma mudança no ambiente. Os grupinhos de jovens do lado de fora agora se concentram em uma aglomeração única; a alegria com que antes falavam e gesticulavam dá lugar a conversas mais íntimas, quase sussurradas. E vê, com crescente preocupação, que Matilda está no centro das atenções. Ela gesticula muito, parece, em alguns momentos, até chorar; algumas meninas ensaiam consolá-la, enquanto os rapazes se mostram mais exaltados, se comportam de forma áspera, olham para dentro da pizzaria a todo instante. Matilda evita olhar para dentro, até que não consegue mais disfarçar e balança a cabeça positivamente com os olhos em sua direção. Pedro sente um calafrio, baixa a cabeça e se concentra no celular, fuça no aparelho enquanto mantém a visão periférica grudada na vidraça do restaurante, monitorando a movimentação. Pensa em se levantar e pagar a conta, mas conclui que isso tornaria evidente demais sua participação no que quer que estejam debatendo. Ademais, teria de passar pelo grupo para ir embora. Desiste da ideia.

Os quatro rapazes se separam da aglomeração e discutem à parte; buscam uma estratégia sobre o que fazer nesse caso, uma reparação. Um deles usa o telefone, outros olham com insistência para o desconhecido, que não levanta a cabeça, parece que chegam a uma conclusão, se exaltam, o maior deles volta até a menina e lhe diz alguma coisa, depois retorna ao grupinho masculino e fica bem próximo à porta, como para impedir qualquer eventual tentativa de fuga. Pedro começa a se desesperar, sabe que a possibilidade de uma fuga é próxima de zero. Quando estava no banheiro, notou que a única janela do recinto dava para um fosso de luz sem saída — o que provavelmente também acontece com a cozinha; dificilmente haverá uma rota para a rua pelos fundos. Mas se mantém impassível, continua fingindo que não é com ele, espera o desenrolar dos acontecimentos e nem sabe mais o que simula buscar no celular, que está sem sinal de internet. Dá um bocejo para aparentar calma, levanta os olhos evitando focar-se no grupo mas é apanhado em cheio — todos estão olhando para ele. E seus rostos não são nada amistosos. Mantém o olhar por uma fração de segundo, decide não desafiá-los. O que menos precisa neste momento é de um escândalo.

Um dos garotos entra no restaurante e vai até o balcão, fala alguma coisa com o gerente e fica ali, virado para o público e de olho em Pedro. Outros dois se mantêm à espreita na porta, um de cada lado. O gerente gesticula muito, faz sucessivas negativas com a cabeça e interrompe o rapaz várias vezes. Depois, o garçom vai até a mesa onde Pedro está sentado, traz uma nota com a despesa e lhe diz, de forma polida, que pague e vá embora.

Aconteceu alguma coisa?

Os rapazes o acusam de ter maçado uma vossa amiga.

A princípio não entende bem, mas o constrangimento do garçom indica que não é algo agradável.

Maçado?, repete, em busca de entendimento.

É, maçar, importunar, entende? O senhor é brasileiro?

Dito isso, o garçom se desespera. Olha para o gerente, ou dono, Pedro não tem certeza ainda, como a pedir ajuda. O homem então se aproxima da mesa. Os rapazes, dentro e fora do bar, observam.

Não é bom que o senhor se mantenha cá, rogo que pague sua despesa e vá ter à rua. Eu o acompanho, lhe diz.

Pedro não se move. Sente que o momento é grave, que talvez tenha sido mal interpretado, ensaia internamente uma desculpa, o corredor é estreito, mal dá para uma pessoa, estava apertado, foi um esbarrão acidental, gagueja um pouco antes de responder mas é interrompido bruscamente, está prestes a ser expulso da pizzaria. O homem que comanda a situação o agarra pelo braço, tenta levantá-lo da mesa, dirige-se agora ao negro que ainda está no balcão e pede para que ele também saia, faz um gesto vigoroso com a mão enquanto tenta se livrar do cliente agora indesejado, o clima pode esquentar e está mesmo na hora de fechar, lhe diz, as mesas cá dentro já estão todas desocupadas, vê? Vai pagar em dinheiro?, só aceitamos Multibanco, presumo que o tenhas, estou certo?

Então, Pedro vê chegar o carro. O mesmo carro que vira no aeroporto, o mesmo homem que recebeu a família no desembarque, que ele nomeou apenas como o Negro, Aisha a seu lado, no banco do carona, o preto parrudo que mal estaciona o veículo no meio-fio e já desce, abraça Matilda e a leva para perto da mãe, que a acolhe, fala com os rapazes, que apontam ostensivamente para ele, Pedro, como o autor da importunação, o gerente, ou dono, se apressa para a rua, tenta impedir a entrada do homem mas não consegue, logo o restaurante está tomado pela turma que vem em defesa de Matilda, garotos e garotas falam ao mesmo tempo, gritam, os funcionários do restaurante cercam o estrangeiro como forma de protegê-lo, temem uma agressão dentro do estabelecimento, o que seria desastroso, Pedro não entende quase nada, escuta sons como pêt, mõ, m'nín, pôdr', tchúc, nôm, nôm de várias bocas, o homem do bar lhe diz que querem saber seu nome, diz teu nome, anda, diz teu nome, ele tropeça nas sílabas mas diz, Ped-dro, percebem que é brasileiro, há um silêncio breve, o homem adulto que agora assume a liderança do grupo pede silêncio.

Ês dzê-m quí bô falá dôç cú miá m'nín, fala o homem.

Pedro olha para o garçom, não entende nada.

É crioulo, crioulo de Cabo Verde, diz o dono da pizzaria, que se apresenta aos homens do grupo como tal e pede calma. Estão a dizer que o senhor falou doce com a filha dele, entende? Que lhe disse piropos, estás a me entender?

Não entende. Não sabe o que são piropos, nunca ouviu essa palavra. Tampouco disse alguma coisa para a menina, apenas encostou nela acidentalmente porque o corredor era estreito demais para duas pessoas passarem ao mesmo tempo e ele precisava ir rápido ao banheiro. Foi a explicação dada ao dono do restaurante, que transmitiu a mensagem ao pai de Matilda. O homem, que se apresentou como Rui Lisboa, corretor de imóveis, respondeu com cara de poucos amigos dizendo que havia chamado a polícia e, assim, a questão se resolveria na Esquadra.

Piropos são galanteios, completa um dos garçons.

Nhâ minína dí sêl trêsi anis!, grita Aisha.

Pedro agora entende a palavra: treze. Treze anos, conclui. Percebe que se meteu numa enrascada quando o carro azul e branco da PSP estaciona em frente à pizzaria, que a essa hora já fechou as portas e conservou lá dentro um clima degradante feito escarro.

4

O silvo agudo, depois a corrida para o mar. De um salto, já estava a caminho. Sentiu a friagem, primeiro nas canelas, depois no abdome. Entrou. Mas de repente, sem perceber, estava desorientado, não via mais nada. Ninguém. Girou o corpo sobre si mesmo, cuidando para não perder a noção do espaço. Ouviu o apito estridente, de novo, mas bem mais distante. Notou que estava longe, tão longe que corriam a salvá-lo também. E que já anoitecera, de uma forma tão veloz quanto pode um míssil ser veloz. Foi quando entendeu que não havia ninguém, estava sozinho, contava apenas com si mesmo para chegar na luz que, àquela altura, piscava lá adiante, e que ele via e desvia à medida que seu corpo flutuava. Era vermelha e não se movia. Foi para lá que direcionou todos os esforços.

Sempre nadou bem, gostava do mar. Foi assim que julgou ter capacidade suficiente, apesar do pavor: lembrou-se das palavras do pai e disse para si mesmo, como num mantra, que apesar de tudo era preciso manter a calma. Entendeu que estar sozinho, naquele momento, não significava nenhum perigo, era mais fruto de uma ideia do que uma ameaça real. Morrer só ou acompanhado, que diferença faz? A sensação de estar à deriva, não: era sentimento concreto, que lhe provocava um esgar diante da imensidão à sua volta. Mesmo assim, mascarou o terror de se sentir desgarrado. Escondeu de si mesmo o frio que começava a sentir. As pancadas cadenciadas nas pernas, que tentou não compreender de onde vinham. Ignorou a ideia, que lhe pareceu absurda, de encher os pulmões de água. E nadou pensando na luz que lhe guiava e em como se aproximar mais e mais dela sem gastar todas as energias. Foi quando a luz pareceu ficar maior. E pareceu ser um farol. Já podia até distinguir o rochedo no qual estava assentado: um paredão único em uma costa sem recortes. Falta muito pouco, pensou, à beira da exaustão.

Antes, porém, percebeu que a noroeste de onde estava, bem perto, sobressaía uma concentração de rochas capaz de lhe garantir um descanso breve. Para lá rumou com suas braçadas seguras e compassadas e com seu último estoque de vida. Logo percebeu que tinha companhia, pois focas e lobos--marinhos trataram de se jogar na água assim que sentiram sua aproximação. Gente, por mais debilitada que esteja, não oferece confiança a nenhum animal.

Subiu a muito custo num daqueles recifes castigado pelas ondas e jogou-se de costas, sobre a superfície irregular, tentando recuperar o fôlego. Ficou ali, ofegando, um longo tempo. Quando uma meia-lua emergiu do horizonte pôde ver melhor a costa, realmente reta, e os rochedos, ao longe, que percebeu serem dois. Também conseguiu identificar um segundo farol, à direita, ambos sobre duas pontas de pedras que se estendiam por vários metros oceano adentro. Certamente indicavam a foz de algum rio navegável.

Não sabe quanto tempo descansou. O suficiente para a lua se erguer quase que verticalmente ao céu e iluminar, ainda que apenas de forma parcial, a água à sua frente. Podia esperar amanhecer e apostar, quem sabe, na passagem de uma embarcação que o resgatasse. Ou podia jogar-se na água, que permanecia calma, para nadar à costa. Foi o que fez: recuperado do esforço, e motivado pela vitória que julgava ter conquistado, mergulhou e voltou a se orientar pela luz vermelha do farol a bombordo.

Não tardou a se aproximar da orla. A distância era curta, e mal se deparou com a rebentação percebeu pedras pela margem que o obrigaram a seguir ainda mais a sudoeste para sair do mar em segurança. As ondas agora eram fortes e os rochedos à beira-mar, imensos, se avolumavam com uma imponência de anciãos. Finalmente achou uma faixa lisa de praia e se deixou levar pela maré até a areia. Desconcertado, mal podia acreditar que escapara da fúria oceânica e da escuridão da noite para chegar em frente ao paredão que agora o intrigava: no topo da rocha enxergou um vulto. Um vulto com feições humanas. Com tamanho de gente. Um vulto que parecia olhar para ele, exausto à beira-mar, iluminado apenas pela luz da meia-lua, que já se punha.

Com muito custo levantou-se da areia. Quando se pôs de pé percebeu que o homem (agora podia vê-lo com clareza) descia a encosta e se aproximava dele. E que não vinha só: trazia pela mão uma menina de cabelos longos, não mais que cinco anos de idade, e a seu lado uma mulher. Provavelmente mãe da garotinha e, também, companheira daquele homem. O trio parou à sua frente; vestiam roupas de banho, apesar da noite fria. O desconhecido soltou a mão da menina, sorriu para Pedro, despediu-se da mulher com um afago tímido em seu rosto e entrou no mar.

Desperta do sonho com uma sensação de derrota, pois ainda que tenha conseguido se safar do afogamento sente-se incapaz de compreender o que significa o esforço tremendo que teve de realizar. Iza dorme a seu lado, se revira na cama. Já amanheceu e ela dá sinais de que está prestes a acordar, emite sons como se conversasse com alguém, Pedro apura o ouvido, tenta compreender alguma palavra, um nome, algo que possa lhe munir de informação, um colega mais chegado no escritório, quem sabe, uma revelação, mas tudo não passa de um murmúrio infantil, aparentemente sem nexo — embora ele saiba que nada, nada neste mundo ocorre por acaso.

Pedro se mexe, ruidoso; tenta estimular que Iza também acorde, mas calcula que ela deve estar no seu último estágio REM, quem sabe sonhando pela última vez nessa noite, e se a deixar acordar de forma natural ela talvez conte o que conseguir lembrar, gostaria de saber o que se passa na cabeça da mulher que entrou na sua vida como se fosse ela mesma também um sonho: quando acordou, lá estava Maria Izabel, dentro do seu mundo, feito uma antiga conhecida, com seus modos organizados, metódicos, quase doentios; quando acordou, estava dormindo com ela, tomando café da manhã com ela, jantando com ela, viajando com ela, sem nenhuma certeza se já havia despertado de fato. Iza é o sonho que ele gostaria de interpretar, com todos os enigmas a que tem direito, um sonho assim mesmo, hermético, como são os sonhos, como é hermética essa mulher que Pedro deseja e rejeita ao mesmo tempo, uma mulher que é mais o resultado de suas projeções acumuladas desde a infância do que uma realidade, a mistura de tipos com os quais topou ao longo da vida e a pessoa que ele, Pedro, é: mal acabado, pouco confiável, uma teia de aranha mutante, embora ele tenha sido imbuído de uma percepção distinta e se veja, na superfície de seu pensamento, como herdeiro de uma tradição de poder, de perfeição. Não é nada disso. Pedro enfim julga entender o dilema do próprio sonho: imagina que a metáfora final possa se referir ao pai, de quem nunca mais teve notícias, uma pista, nada; culpa-o pelo que considera um abandono, Carlito não podia ser tão egoísta, devia ter domado seus impulsos de Jesus Cristo e ter levado uma vida pacata ao lado da família, dos filhos em pleno desenvolvimento, como tantos conseguem no mundo; ao contrário disso, jogou-se ao mar e sumiu como o homem do sonho. Por quê? Não sabe. E esse sentimento abriu um sulco na matéria de que Pedro é formado, como a marca que leva na testa. Odeia o pai concreto, que tem RG, CPF, tipo sanguíneo; ama a ideia do pai ausente, do pai morto que, ainda assim, pode velar por ele, de onde estiver.

Conta para Iza o sonho que teve com o salva-vidas, a desorientação no mar, o esforço para se safar, os rochedos, o pai, a mulher, a criança. É Iza quem acompanha o estranho, que toma seu lugar na água e ele imagina ser Carlito? Não sabe. Pensa que a cena final possa se referir a esse eterno ir e vir, um fluxo que não acaba nunca, como o mar, o esforço, a missão atribuída a ele desde cedo, um tipo de delegado da hombridade perdida, a tarefa de instruir, a missão de guardar a família, de apontar caminhos, que passou a ser de Pedro e de mais ninguém — por isso chegou naquela praia, que não reconhece, assim como os penhascos, o farol, e teve a aprovação do homem desconhecido, que sorriu para ele e assumiu a tarefa de seguir adiante.

A mulher faz que ouve o relato, ainda demonstra um certo torpor matinal. Enquanto Pedro fala, não faz nenhum comentário; ao contrário, levanta-se da cama, vai ao banheiro urinar, escova os dentes e sai para a cozinha. Como se estivesse sozinha.

Tem um certo dom de irritá-lo. Gosta de desdenhar das coisas que diz, sempre competindo com ele a respeito da melhor frase, da melhor lembrança, quem é mais inteligente, quem teve mais sucesso na vida. De maneira que já começa o dia agastado, o sonho, apesar de terminar bem, tinha sido angustiante, um pesadelo, sim, acaba reconhecendo, foi um pesadelo. Sentiu a respiração disparada quando despertou, como se tivesse ficado à mercê do mar. Gostaria de perguntar para Maria Izabel se percebeu alguma agitação em seu sono durante a noite, mas desiste quando se dá conta de que ela dificilmente responderá. Sente o aroma do café passado. Fica mais um instante na cama, as imagens recentes ainda na cabeça, à espera de que a mulher o chame. Nada acontece. Acaricia o pau, pensa nas mulheres que cruzaram seu caminho no dia anterior. Nada que valha o esforço. Quando finalmente decide ir à cozinha, cansado de esperar, vê que ela está lavando a xícara suja de café, o pratinho com os farelos do pão, colocando as cascas do kiwi na lixeira. Um cigarro ainda queima no cinzeiro.

Atrasadinha, amor. Preciso estar no escritório às nove.

E desliza o dedo indicador pelo nariz do seu homem depois do selinho de bom dia, como se fosse a porção diária de carinho da qual ele precisa. Ou merece, Pedro não sabe. É suficiente, embora queira sempre mais. Sempre mais, como se ainda fosse um menino em busca de aprovação. Tenta, em vão, retê-la, quem sabe um amorzinho matinal, rápido, roubado, diz-lhe, pega-a pelo braço, tenta sapecar-lhe um beijo de verdade, para dar início à sua performance, mas Iza logo se transforma em uma clara de ovo crua e escorrega para a rua por entre seus dedos.

Não se levanta da cama. Foi dormir tarde, a agenda está miseravelmente vazia e a masturbação que tentou, após a fuga de Iza, resultou apenas em mais cansaço. Nem as fotos que recebe pelo Telegram, o bip do telefone indica que elas chegaram, aumentam seu ânimo: são excitantes, é verdade; o grau de submissão, o cenário distópico, lembram um set de guerra. E até o levam, enquanto desliza o dedo pela tela, a acariciar o pau, que, todavia, não se manifesta. Mas carecem de qualidade, as imagens são amadoras, um fotógrafo comum como ele sabe muito bem detectar quando um trabalho é bem feito. As fotos o levam a Ceiça, a garota que ele revelou ao mundo; também a Jucelino, o pintor; dali, a Amália, impulso e avença.

Conheceu-a numa vernissagem e logo lhe chamou a atenção seu espírito flamboyant: um tipo exuberante, enérgico. A beleza era discutível: tinha o rosto tomado de sardas, bolinhas alaranjadas, de vários tamanhos, que se espalhavam até as orelhas e contrastavam com uma copiosa cabeleira negra, espessa. Nunca soube se eram pintados ou naturais, jamais tinha visto um só fio destoante em toda a melena, nem no púbis, tampouco nas axilas, que ela mantinha intactas, Pedro tentava demovê-la da decisão, para ele esdrúxula, mas Amália se mantinha irredutível, a despeito da elegância, das sandálias de salto altíssimo, das unhas encarnadas nos pés e nas mãos, das joias que espalhava sem pudor por seus cento e setenta e sete centímetros de norte a sul. Embora fosse a dona da galeria, não mostrava muita firmeza na função. O negócio havia sido herdado dos pais: ele, um renomado artista plástico envolto em episódios pessoais traumáticos; ela, a marchand que cuidava da carreira do marido. Única filha do casal, estudara em Berlim, morara em Londres, passava temporadas regulares em Nova York, São Paulo, Buenos Aires, Paris. Mas nunca demonstrara nenhum pendor para a arte. Preferia gastar o tempo e o dinheiro em festas regadas a cocaína e gim. Pedro logo descobriu que o sexo com Amália era bom e pragmático; praticavam-no com bastante regularidade, sem rodeios ou necessidade de performances. O que mais gostava nela, porém, era o que chamava de cotação futura: a herdeira tinha controle sobre um considerável patrimônio, que incluía uma fazendola no interior do Uruguai, resquícios da nobreza materna, e também os direitos repartidos com a mãe, em partes iguais, sobre a obra do pai. Os quadros, alguns de tamanho descomunal, sombrios como a mente do seu criador, eram bem cotados no mercado internacional; depois do suicídio do pintor, passaram a valer pequenas fortunas.

Foi o hedonismo da filha, acusava a mãe, que queria vê-la, como o marido, passando horas e horas a fio, sozinha em frente a telas brancas, no ateliê da zona sul de Porto Alegre, envolta em nicotina (ou cannabis, vá lá) e abarrotada de bisnagas, panos sujos e as emanações da terebentina, do que se dando a ratos de herança em festinhas populares. Mas Amália não gostava de pintar. Não gostava de desenhar. Ou de fotografar, nem de imagem alguma, bidimensional, tridimensional, o que fosse. Também não gostava do ateliê. E dizer que não gostava é pouco: odiava o lugar, achava-o pestilento, digno da falta de juízo do pai, tomado pelos rastros escancarados de suas perversões sexuais e a esquizofrenia galopante, bitucas e mais bitucas de cigarro pelos cantos do salão, de pé-direito altíssimo, congelante no inverno, aflitivo no verão, recortes de paisagens colados às paredes, fotos de coxas sob minissaias azuis, pedaços de bonecas, sujos de sêmen, as telas cobertas com lençóis para se manterem a salvo da mente destrutiva do artista. Havia estraçalhado quase uma dezena delas, a tesouradas, em acessos de fúria motivados, disse a psiquiatra que o atendeu, por delírio persecutório. Ódio dele mesmo, advertiu à esposa e à filha. Um ódio alimentado pela própria indecência, que o fazia postar-se na porta do Colégio Bom Conselho, uma vez por semana, para fotografar, à distância, as estudantes da oitava série, com suas pernas de fora, suas minissaias azuis e seus peitinhos estorricados querendo saltar das camisas brancas, mal fechadas, para que os meninos pudessem lambê-los com mais facilidade no recreio.

A mãe, ao contrário de Amália, tinha dotes artísticos. Era considerada promissora, um termo insuficiente para as pretensões de Eugênia quando jovem — Nena Absalão, como gostava de ser chamada profissionalmente. Haviam se conhecido no curso de Belas Artes, mas, por pressão do futuro marido, acabou não seguindo carreira; passou a ser sua representante legal. Ou secretária. Ou talvez ajudante, já que diziam, com certa maldade, que Nena era o próprio artista em si. Resulta que os poucos quadros que a mulher havia produzido sumiram das paredes do casal, depositados primeiro no grande armário de telas que havia no segundo piso da cobertura; depois, embrulhados em papel pardo e perfeitamente lacrados, jogados no porão do ateliê, até por fim serem soterrados pelas dunas do tempo. O último quadro que pintou, a paisagem de um casario antigo de Porto Alegre, em tons suaves mas de traços vigorosos e pinceladas curtas, de viés modernoso, ainda ficou exposto na cobertura do casal durante anos, enfeitando a churrasqueira, junto a um escudo do Grêmio esculpido em madeira. Até desaparecer por completo, sem que se saiba, até hoje, seu paradeiro.

Nena não se importou em ser reduzida a figurante do marido. Deu-se conta que o ato de pintar era bruto demais, mal-cheiroso. Quando Jucelino se trancava por horas, às vezes dias, no ateliê, agradecia a Deus pela dádiva de se ver livre daquele inferno. Então ia às compras, tomava uísque com as amigas, dava suas corridinhas no parque e até ensaiava algum flerte pelas ruas do Moinhos. Era uma sessentona conservada, de porte altivo; tinha dinheiro para se vestir bem, para cuidar da pele, para presentear um ou outro boy com tênis de grife — os rapazes, lamentava ela, não tinham mais gosto para coisas sofisticadas e se contentavam com produtos de plástico ordinário ou tecido sintético. Melhor para ela, que economizava alguns milhares de reais para desperdiçá-los ali adiante, no blackjack do Casino Carrasco. Além do mais, não se considerava tão figurante assim: desde que os surtos do marido haviam aumentado, a rotina do artista se modificou e era comum que muitas telas fossem abandonadas pelo caminho; ela, então, tinha longas conversas com Jucelino para demovê-lo das ideações destrutivas que mantinha em relação a seu trabalho. Deu certo no início, o pintor voltava às telas e, feito um autômato, terminava os quadros com cada vez menos capricho, um desleixo que passou a incomodar galeristas, críticos e compradores. Com a evolução da doença mental, o pintor foi se fechando em si mesmo e mudando sua personalidade a tal ponto de se despojar das roupas do dia a dia para vestir-se com uma túnica.

As dores nas mãos e a coceira nos braços dificultavam cada vez mais seu desempenho. Quando, após dois anos de esboços e garatujas, tentou incendiar a tela grandiosa que estava produzindo, encomenda (já paga) de uma multinacional, mãe e filha acharam por bem retirá-lo de cena durante algum tempo. A prescrição da psiquiatra triplicou os remédios para a cabeça, o haloperidol o deixava perambulando pelo apartamento, sonolento, além de acentuar as manchas arroxeadas que se multiplicavam pelas mãos e braços, até no rosto. No seu delírio de perseguição, acreditava serem praga de pintores invejosos. Místico, visitou uma cartomante que lhe descreveu em pormenores o dia de sua morte. Foi Nena Absalão quem terminou a última tela de Jucelino, salva do fogo, nomeada Premonição: retrata uma paisagem marinha sob um céu tempestuoso, mas ainda a salvo da tormenta que se avizinha; duas figuras humanas percorrem a praia e parecem observar a cena, nuvens escuras que se precipitam sobre o mar, de tom acinzentado, à esquerda um barco, gaivotas que cruzam o espaço, uma fugaz claridade à direita da tela que se reflete na areia, se espalha pela água e sugere um foco de resistência contra a tempestade, um clarão tímido mas ainda assim um clarão que se projeta na beira da praia, onde animais fantásticos, com chifres e rabos e patas de unhas compridas se locomovem em fila como se previssem o desastre. O tom da tela é azulado, borrões escuros ocupam o centro superior da pintura, as pinceladas, bastante visíveis, explícitas, dão à paisagem uma sensação de ventania; na estreita faixa marrom de areia, que ocupa a base da tela e dá sustentação à cena, as duas figuras humanas caminham com aparente tranquilidade, sem mostrar preocupação com a possível reviravolta climática. Toda a imagem, que tem um tamanho absurdo (ocupa uma parede inteira na galeria de Amália, do teto ao chão, doze metros quadrados), está envolta em uma atmosfera sombria; quem a observa bem de perto, bem de perto mesmo, é capaz de sentir na pele a umidade da cena, o cheiro voluptuoso da água, houve até mesmo quem tivesse notado pequenas gotas sanguíneas espalhadas pela tela, talvez cristalizadas pelo incêndio frustrado, e que enfeitam o céu de um lilás muito sutil.

Naquela manhã de sol em que aparentava estar sereno, Jucelino foi tomar mate no terraço da cobertura, cercada de verdes; o céu, de um azul puro, tinha uma luminosidade que o deixava tonto e o fazia registrar a cena mentalmente, como sempre antes de iniciar um projeto. Já havia visto cenas semelhantes àquela da cobertura centenas de vezes; já começara a pintar a paisagem na sua mente outras tantas, sem conseguir dar a elas a dimensão exata da emoção que sentia ao se ver diante da natureza. Então, pensou em Deus: em como essas visões o aproximavam cada vez mais da criação, em como eram perfeitas dentro da sua cabeça, no quanto permaneciam acesas em sua memória mesmo no dia seguinte, e no seguinte, e no seguinte, até concluir que mais nenhum quadro que tentasse produzir, mesmo depois dos tantos que já havia pintado, conseguiria expressar o que sentia, a força de um instante sagrado como aquele, em que Eles dois alcançavam a mais completa sintonia, a mesma voz, o mesmo olhar sobre as coisas, ambos Criador e Criatura, e aquela luz que era só Deles, que a viam e a inventavam como seres complementares que eram, e a projetavam para que a vida ganhasse proveito, cor, mistério, bem-aventurança. Então, aproveitou que ficara sozinho no terraço, o que acontecia raramente, para olhar cada vez mais firme para aquela luz, sem desviar o olhar um só momento, a claridade invadindo sua retina e dali indo iluminar o cérebro, todo seu cérebro banhado de uma iluminação divina, a mácula já ofuscada pela luz, o ponto negro no centro da visão se expandindo e se expandindo até tomar conta de tudo, o mundo preenchido pela escuridão, o paradoxo de perder a luz a partir de tamanha inundação de claridade, a luz de um Deus que queria dizer algo, tinha certeza, Jucelino podia sentir que Lhe dizia algo naquele momento, o Deus da Paisagem, ele sentia (pois enxergar já não enxergava mais), sentia que O chamava, até se esborrachar no asfalto trinta metros abaixo do terraço. A perícia nunca revelou o relatório sobre as circunstâncias da queda, apesar da pressão. Soube-se apenas que o pintor, ao cair, segurava na mão esquerda uma medalhinha com a imagem de São Lucas e a frase, rabiscada num papel com sua letra de desenhista: ele é minha única companhia.

[ ]

Jucelino morreu buscando enquadrar a cena absoluta, a imagem que o colocaria no mesmo degrau que Deus. Embora, antes de se jogar do décimo andar da cobertura no Moinhos, tenha sido denunciado por corrupção de menores.

Pedro, ao contrário, se contentaria em ser apenas um bom fotógrafo. Isso se a luz perfeita não fugisse dele a todo momento, ou se a imagem captada por seu olhar não insistisse em se desvanecer assim que a máquina fosse empunhada para capturar o instante ideal. Na verdade, era refém de suas próprias indecisões: demorava a se resolver; quando o fazia, já era tarde. E como não voltava atrás, jamais, o resultado de seu trabalho invariavelmente se revelava afetado: não podia controlar a natureza, tampouco seu temperamento, então era preciso lidar com a imperfeição ao seu redor.

Pedro serve o primeiro mate e sente a água escorrendo-lhe pelo punho, depois pelo cotovelo. A cuia havia furado, a cuia comprada por Jucelino na feira de Villa Biarritz, em Punta Carretas, na temporada montevideana que passaram juntos, ele e Amália, dona Nena e o pintor, com a bomba de prata e a térmica incluídas, furou. Havia custado uma pequena fortuna, que o sogro fazia questão de mencionar sempre que o encontrava. O mate novo em folha, pronto para a manhã inteira de ócio, buscando formas sobre o que fazer para retomar a relevância entre os ressentidos que o rodeiam e que querem puxá-lo para o buraco da boa política, do comportamento exemplar. Como se ele não fosse justamente a expressão dessa boa política, só abalada pela nova moral da paridade. Uma ova! Não é igual à irmã, não será igual a Lalinha, com aquela fuça metida nos livros e as roupas antiquadas que herdou da vó Gerusa, e que ela usa sem cerimônia; Rosângela não se importa, repugna o estômago vê-las desperdiçar a vida toda envelhecendo juntas. Também não se compara com a mãe, inconformada com o sumiço do pai e especulando se não foi maltratado, se está vivo, se está morto, se sofreu, se a carcaça ainda pode estar em alguma praia ou selva distante, Pedro se irritava e volta e meia dizia à mãe que o pai havia fugido com uma mulher, mesmo sem saber o que estava dizendo, "não foi política, dona Leda, foi mulher", só para entristecer a mãe um pouco mais, "não teve tortura nem nada, dona Leda", a mãe balançando a cabeça em sinal de reprovação, "e tu aí choramingando por uma carcaça", diz para a mãe, e lamenta para ela que não tenham dado cabo de mais gente ainda, que hoje não estariam enchendo a paciência dele com esses discursinhos edificantes, como o Quim, engajado em pautas ambientalistas que dão dinheiro para os mesmos de sempre, menos para si próprio, "ele vive na merda, mãe, suando pra sustentar aquele filho e puxando o saco da ex-mulher", o Quim nem se dá conta do ridículo da situação, "a mulher viajando com o namorado no fim de semana e ele cuidando do menino", levando no parque, botando pra dormir, indo ao cinema, buscando em festinha de adolescente, "vê se pode".

Foi no Uruguai que o futuro matrimônio com Amália começou a se desintegrar. Alugaram um apartamento que ficava a duas quadras da Rambla Gandhi, onde prometeram caminhar juntos todas as manhãs. Em vão: a viagem foi marcada por ressentimentos, acusações, dúvidas. Quando se conheceram, Pedro tentava uma carreira artística com suas imensas paisagens em preto e branco, instantâneos de lugares inóspitos que fundiam cenas campestres com abstrações e grafismos obtidos por meio de manipulação eletrônica; uma premissa interessante que, entretanto, esbarrava na falta de capricho do fotógrafo. A tal carreira, por isso, nunca deslanchou. E mesmo que a galerista se empenhasse em colocar o trabalho de Pedro nos melhores espaços, que pressionasse marchands e críticos, o fato é que lhe faltava talento. Tanto que ela achou melhor redirecionar a carreira do namorado: em vez de criar, ele iria registrar as criações alheias. Pelo menos até que conseguisse desenvolver uma linguagem capaz de seduzir alguns curadores, Amália explicou. Pedro não ficou incomodado, até porque já menosprezava sua capacidade (e via uma certa inutilidade na arte em geral) e, também, porque passou a ser bem pago para fotografar os devaneios de artistas patrocinados pelo Estado.

Pedro e Amália tinham se curtido de cara porque gostavam de sexo, isso numa época em que o sexo parecia ter desaparecido das rotinas, talvez por ser trabalhoso demais, cansativo, pois havia a cocaína, as noites viradas em torno de uma mesa, as teses, a filosofia de botequim, a língua pastosa e a inapetência para tudo que não fosse cerebral, abstrato. Foram para a cama logo depois da primeira vernissagem, embalados pelo espumante, que brotava da copa como se fosse um olho d'água. Para Pedro, Amália era dona de uma sofisticação impossível de ser acompanhada, e ele, que aprendera a fotografar em laboratórios de jornal, que mal sabia soletrar Cartier-Bresson, ou pior, Robert Doisneau, sabia que sua única qualidade diante daquela mulher era a potência que julgava exibir em suas trepadas; Amália, por sua vez, gostava da boca suja de Pedro, que mal saíra do Brasil. Ela habitava uma cobertura duplex em pleno Moinhos de Vento; ele morava num apartamento de dois quartinhos na Santana — um deles ocupado pelas tralhas fotográficas cada vez mais obsoletas. Ela dirigia uma SUV importada; ele, um Mini Cooper usado e com prestações em atraso. Os dois, pelo menos, deviam para o governo.

Mas riam, riam muito, riam a valer, é verdade, e com gosto depois de treparem, e se amavam muito quando Amália estava feliz porque, a todos que a conheciam, parecia que havia herdado do pai, ainda que levemente, algum traço esquizoide, pois custava a se aproximar das pessoas, preferia ficar sozinha e só se acercou de Pedro, naquela noite na galeria, porque vislumbrou nele a mesma condição esquisita, a mesma vocação seletiva, arrogante, todos diziam isso, eram um casal que abusava da afetação, e por isso, além do sexo, se curtiram porque consideravam que as outras pessoas, todas as outras pessoas, eram insuficientes para a satisfação de seus desejos, fossem eles intelectuais ou físicos, Pedro tateava o corpo da namorada em busca de reações que nem sempre acabavam atendidas, Amália era exigente, gostava de exercer seu poder de mando e não se abstinha de dizer a ele que, numa noite específica, o sexo esteve uma merda. Então, ela enrolava meticulosamente um baseado e os dois fumavam em longas tragadas sem sair da cama, ele absorto em devaneios técnicos sobre como arrancar de Amália os gritos de prazer que o enlouqueciam, evitando, é claro, cingir sua orelha ou morder com um pouco mais de força os mamilos pois ela o estapeava se fizesse isso, sentindo dor Amália era capaz de perder completamente a cabeça e transformar a cama em um campo de batalha. Ou, em vez de um baseado, Amália preparava um gim tônica e perguntava a Pedro, sempre perguntava a Pedro se era gim ou djin, e se deveria dizer o gim tônica ou a gim tônica, e andavam enrolados em lençóis pelo apartamento dele (que ela detestava, mas menos do que trepar com ele na sua cobertura duplex, sempre impecável), inventando sonetos parnasianos que ficavam pernetas, sem rima, e quem os visse assim, nesses momentos, diria que eram verdadeiramente íntimos, sim, íntimos, afinados em tudo, só que nunca foram iguais em nada, em coisíssima nenhuma, Amália nunca pretendeu de verdade atravessar a linha vermelha, nunca levara a sério o plano de casar-se com Pedro, dizia que já tinha sido desposada por um famoso pintor em Amsterdã, mas que o casamento durara apenas poucas semanas, o homem, que era latino, tinha hábitos rudimentares e ela não suportava ter de lhe dizer, diariamente, que comesse de boca fechada, François, ou Gerard, não lembra, ou então que não cortasse os legumes no prato, ainda mais da forma barulhenta como fazia e que a envergonhava, além de notar que o marido, ou noivo, sabe-se lá, em Amsterdã tudo pode ser posto à prova, mal lavava as mãos antes de comer ou antes de tocar na esposa quando voltava do ateliê, as mãos ainda com resquícios da tinta ou o cheiro do solvente, que lhe dava náuseas. Por isso se contorcia toda só de pensar em acordar todas as manhãs ao lado de alguém, ainda mais se esse alguém fosse um sujeito bruto, de maus hábitos à mesa, de trato duvidoso nas recepções e vernissages, cuja única qualidade era seguir suas instruções.

Mais apropriado seria dizer que eram namorados. Apenas isso. Namorados para a vida toda, Amália acentuava a Pedro, Pedrinho, Pedroso, Paquito.

E para não se deixar levar por um nítido e natural sentimento de inferioridade, Pedro passou a se concentrar cada vez mais nos defeitos de Amália. Quando faziam amor, esse sentimento aumentava porque, primeiro, ela impunha regras que podiam mudar em questão de minutos, dependendo do humor do dia, se os negócios iam bem, se discutira com algum artista, se a reunião se prolongara além do previsto ou a salada do almoço estava passada: sem pressa, dizia, devagarinho, assim; ou mais forte, não para, Pepê, quando percebia que ele estava a ponto de se desinteressar. Nas ocasiões em que a ansiedade tomava conta, como na véspera de fechar uma grande venda ou de receber uma bolada, Amália sentava nele e conseguia ser até um pouco meiga antes de gozar, pouco lhe importando se Pedro estava gostando ou não. Nesses dias, ficava atônito, reclamando para si mesmo que, afinal de contas, o homem ali era ele: prefere por cima, quer fazer olhando para a cara dela, para ver se não está fingindo que goza ou se pode estar pensando em outro homem, no Eduardo, já havia notado que Amália gostava do produtor da galeria, apesar de seus trejeitos delicados, do estilo despojado de vestir, Pedro conhecia muitos estudantes de arte que tinham a fala mansa, mas que se transformavam quando viam uma mulher de verdade, e Pedro sabe disso: Amália é uma mulher de verdade. Então, tentava em vão destacar os defeitos dela e os remoía para se convencer que Amália não valia nada, era uma amante como outra qualquer, um divertimento para ele, com os modos afetados de galerista, com aquele linguajar de banqueiro falido, a vulgaridade sexual que a levava a gritar de prazer, para horror da vizinhança, mas aí se lembrava da tal cotação futura e então tudo se acalmava.

Logo depois Eduardo ganharia alguma relevância. Ou Pedro achava que sim, pois embora não houvesse nenhuma evidência em relação ao produtor ser alguma coisa além de funcionário, podia sentir um desinteresse crescente nos encontros com Amália, que passou a evitar Pedro sem a menor cerimônia, a ponto de incitar um comportamento abusivo da parte dele — em outras palavras, a assediá-la com incertas na galeria ou perguntas constrangedoras sobre suas amizades. Um dia Amália sumiu do mapa e reapareceu três meses depois, grávida, chapada, para pegar um cachecol que, dizia, era de estimação. E sugeriu a Pedro que queimasse todo o resto que ela havia deixado no apartamento dele porque não o suportava mais, não suportava mais suas conversas abusivas, suas cantadas ordinárias, a língua na orelha dela, como se fosse um molusco perdido da concha, a barba por fazer na sua virilha, ou as explicações, sempre narcísicas, sobre o fracasso da carreira dele, a falta de interesse em estudar, a falta de estofo e, sobretudo, as caminhadas forçadas pela rambla na temporada montevideana, a gota d'água, ouve-a repetir, Punta Carretas até Malvin, passando por Buceo, uma porra de uma caminhada interminável que ele insistia em fazer quase todo santo dia, apesar dos protestos de Amália, para encontrar Rafael e os dois amigos se perderem em conversas infantis embaladas a Patricias e a casos sobre mulheres que ela nunca soube que existiram e a times de futebol que não a interessavam nem um pouco.

É meu?

De quem mais seria? Mas não te preocupa. Não vai nascer.

Pedro gosta da determinação com que ela menciona o suposto aborto, ainda mais sem nem pedir a sua ajuda. Pensa até em sorrir para Amália, mas acha melhor ficar quieto, qualquer movimento naquele instante poderia fazê-la refletir, mudar de ideia, achar que, beirando os quarenta, já era hora de ter um filho sim, à revelia do pai, quem sabe, que podia ser ele ou Eduardo, pois deitara com os dois, Pedro tinha certeza disso, quem vai saber, ou uma filha, uma linda menininha que poderia se chamar Maria da Conceição, em homenagem à avó, que tanto a ajudou a superar a barra que foi conviver com os surtos do pai, encobertos e justificados pela esquizofrenia, pela fama (e consequentemente pelo dinheiro) e pelo ciúme de Nena, que só não os abandonou, na adolescência de Amália, porque concluiu que poderia precisar deles no futuro, como de fato precisou, depois do suicídio do pintor, quando a filha voltasse de Londres, ou de Paris, onde foi estudar logo que se formou no ginasial, para que Jucelino pudesse ter a paz necessária de criar suas obras-primas valiosas e não se deixasse seduzir pela perversidade da filha, uma menininha que competia com a mãe como se fosse a adulta da família, dando ordens e determinando regras sem qualquer tipo de oposição.

Quando recebeu a notícia da gravidez e do desfecho anunciado por Amália teve certeza de que tudo estava resolvido. A vida, a vida comum, e boa, de certa forma, que já estava levando com Maria Izabel iria continuar sem sobressaltos, sem grandes desafios: ele fotografando artistas afetados, interiores de residências finas, madames da alta roda, casamentos, batizados chiques; Iza vendendo casas luxuosas em condomínios fortificados. Amália nunca mais havia dado notícias, deixou a galeria aos cuidados do produtor, fechou o apartamento, internou Nena numa clínica, sem dizer para onde ia, e desapareceu. Por outro lado, a lembrança que tem daqueles dias em Montevidéu é de um estranho interesse por parte de Amália, que aceitou acompanhá-lo por quatro semanas na cidade (que viraram duas), com os pais, para fotografar, sem rumo, e até com certo entusiasmo, nas quais vagaram meio a esmo, sem encontrar sentido na turnê, até que ela se cansou e decidiu partir, levando a comitiva de arrasto; e também nas idas constantes ao Archivo General de la Nación e na viagem-relâmpago a Tacuarembó, em busca de El Morocho. Tiveram dias de glória, por assim dizer. Mas é como escreve Benedetti:

Se o coração
se aborrece de querer
para que serve?

Lembra de lugares que lembram de outros lugares que lhe vêm à memória quando lembra de Ceiça.

Mas não sabe onde ficam esses lugares nem se eles existem de verdade. Quando deixa de pensar em Maria da Conceição, sua lembrança vai direto para uma praça muito grande, quadrada, rodeada de árvores, onde na extremidade norte fica uma igreja de estilo colonial, bem antiga, imensa, com duas torres idênticas e uma escadaria frontal, ao lado de um escritório da agência de notícias Thomson-Reuters.

No sentido oeste, portanto à esquerda da igreja, há um café com mesas na calçada, um passeio espaçoso porque a rua é exclusiva para pedestres, e guarda-sóis de lona verdes e azuis, de lona, com uma marca de cerveja em letras brancas, além de uma loja do McDonalds.

Na extremidade sul, a praça se divide em duas metades para dar espaço a uma rua (por onde ele chegou), que segue seu curso até perder-se de vista.

E a leste não há nada além de prédios, altos uns, mais baixos outros, com suas fachadas comuns e seu entra-e-sai de engravatados e entregadores.

Vê a praça com uma nitidez impressionante, mas não sabe onde fica. Pode ser São Paulo, para onde viajou algumas vezes. Sabe que não é na Cidade do México, nem em Buenos Aires, pois nunca esteve nesses lugares.

Vê a tal praça com a mesma nitidez com que viu Conceição pela primeira vez, junto de sua mãe. É uma menininha de cinco, seis anos de idade, protegida do frio de Porto Alegre por um gorro enfiado na cabeça que quase lhe cega os olhos, e um cachecol, talvez tecido pela mulher, enrolado no pescoço.

Na foto aparece apenas a garota, em primeiro plano, as bochechas rosadas, o corpinho de criança inflado pela profusão de agasalhos. Mas Pedro lembra que Amália olhou em sua direção. Estava longe, ele não passava de uma mancha do outro lado da avenida com uma teleobjetiva apontada para mãe e filha.

Na sequência de imagens que fez apenas da mulher, o rosto em close, o capote com a gola levantada para se proteger do vento, Amália movimenta os lábios como se dissesse alguma coisa para a menina.

Só muitos anos depois, quando enfim descobriu o paradeiro de mãe e filha, é que fez as fotos definitivas de Ceiça. Pedro reforça para si mesmo que foi ela quem pediu, foi autorizado, mas está claro que se trata de um ardil: ele levou-a a isso, costurou habilmente as formas de abordá-la, mentindo sobre sua identidade, reforçando os atributos da garota até o ponto em que ela não visse problema algum em servir de modelo informal, depois do tumulto que foi sua meninice: Amália sempre insistiu em cuidar sozinha da filha e, para isso, precisou afastá-la o quanto pôde do convívio social, sua percepção era de que a família carregava o germe da tragédia, o pai havia se matado, a mãe, alheia às dificuldades psiquiátricas do marido, precisou ser confinada em um asilo, a mais de quinhentos quilômetros de distância. Ficava intrigada com a sucessão de desastres pessoais, como se seu pequeno núcleo familiar fosse um para-raios de cruezas. Amália temia que a pequena Ceiça trouxesse dentro de si esse germe. Mal sabia o que estava por vir.

Ceiça era apenas uma garotinha indefesa diante disso, Amália não teve o cuidado de proteger a filha dela mesma, da própria mãe. Mesmo isoladas, ou até por causa disso, com raras incursões por cidades onde pudessem garantir seu anonimato, vivem às turras, a filha sem compreender por que não pode usar telefone celular, por que não sai sozinha, por que não tem um pai como as colegas da escola. Amália é centralizadora, faz reuniões regulares com Eduardo, orienta suas ações na galeria, demite pessoas, investe em artistas, recebe os dividendos, administra a fazenda, procura fazer essas ações longe da pequena, mas o mundo em rede, que possibilitou manter a atividade da mãe apartada de todos, também permitiu que Ceiça tivesse acesso a coisas que sua mãe nem imagina, mesmo monitorada quase em tempo integral: havia a escola, tentou educá-la em casa, foi impedida pelo governo; tentou impedir acesso a computadores, teve de ceder quando as tarefas educacionais passaram a ser remotas; estudou formas de limitar os acessos à internet, mas sempre era possível burlar, de alguma forma, os bloqueios. Parecia que quanto mais ela apertava o cerco, mais a filha encontrava uma forma original de escapar de seu controle. Tentou, como última cartada, imbuir Ceiça de um espírito conservador, de transformá-la numa moça desinteressada, sem curiosidade, uma carola caridosa. Produziu, ao contrário, uma filha cheia de vida e de luz, cada vez mais rebelde com sua condição de prisioneira.

[ ]

Ceiça tem uma história desafinada com a mãe. Acha que ela deveria saber como é, para uma mulher (já se considera uma), não ser ouvida, ser levada de um lado a outro sem consentimento, suas amigas de escola acabaram por se afastar, ao passo que Christian, o rapaz que se corresponde com ela pelo TikTok, é só positividade, luz, alegria em sua vida, sempre com uma frase de incentivo, sempre valorizando suas qualidades, a beleza que deve ter herdado da mãe (ela não revela a ausência de um pai, embora ele saiba), os olhos com cor de melado, as pernas longas, a expressão amedrontada dos vídeos que sobe para a rede. Era mais bonita que qualquer outra menina, Christian diz a ela, enquanto observa mais uma vez a única imagem que imprimiu daquela noite.

Nostalgia dolosa? Não sabe por que a guardou, mas não consegue destruí-la como deveria. Como fez com as outras imagens, apagadas de todos os equipamentos onde foram arquivadas. Está dentro do moleskine, portanto é fácil de ser encontrada. Mas nunca ninguém a encontrou, nem Lalinha, ou sua mãe, Maria Izabel, ninguém podia saber dos encontros virtuais que passou a ter com a garota, depois dos cafés, quando ela notou que Christian era um homem, não um garoto, mas mesmo assim se encantou com a serenidade do amigo, a disposição dele de apoiá-la, mesmo nos momentos mais difíceis em que ela se comunicava no escuro, quase cochichando, o vídeo do perfil dele tinha usado muito bem luzes e sombras para mostrar quem era sem de fato mostrar, depois das conversas demoradas pelo Parcão, quando já era primavera, Christian dizendo que nunca pôde ter filhos pois as suas namoradas não queriam, eram independentes demais, dizia isso com uma tristeza verdadeira, para ela infinita. Ceiça se compadecia, mas ao mesmo tempo se assustava com aquela figura masculina, não tinha referência paterna, não convivera com homens dentro de casa, a mãe nunca falara sobre o pai com ela, diz isso a Christian, revela sua insegurança, ele a tranquiliza, não estavam fazendo mal a ninguém, não é? Não, não estavam. Tu podia ser a filha que eu não tive e eu podia ser teu pai ausente, Christian arriscou um dia. Ceiça ficou pensativa.

Pedro pega novamente a fotografia, mais uma vez, das dezenas de vezes que já manipulou aquela imagem, o moleskine era seu tesouro, tinha poucos desenhos, algumas paisagens feitas a lápis, sem cor, números antigos de telefone, senhas e a imagem impressa de Ceiça. A cena lhe vem à cabeça: já sabia de cor os segredos da menina, havia entrado em sua cabeça, desvendado as coisas que a incomodavam, o corpo um pouco ossudo demais, pés e mãos maiores que a média de suas colegas, a expressão assustada, como se estivesse sempre esperando um ataque. Sabia que a mãe punha à prova suas qualidades, que aumentava os procedimentos de segurança, o que a tornava insegura, ela que tinha ciúmes da mãe, independente e adulta, a mãe que não lhe contava a verdade, nunca lhe contava a verdade embora ela implorasse a Amália, Ceiça que não se relacionava com garotos de forma alguma, sempre afoitos, ligeiros, como se pudessem lhe roubar algo, a sensação que tinha era essa, os meninos querem me roubar algo muito valioso e, pra isso, não têm vergonha nenhuma, se comportam como ladrões, comuns, violentos. Tu entende, né Christian? Sim, ele entende. Claro que entende. Perfeitamente.

É claro, Amália lhe enfiou na cabeça que homens são maus, têm interesses particulares em relação às mulheres, são capazes de perder o controle quando contrariados, quando sua autoridade é contestada, quando perdem uma discussão ou são repreendidos. Pergunta se a mãe tem um amigo. Ou namorado. Ela diz que não sabe, nunca viu.

Ela não tem me ajudado muito nisso não.

Pedro diz então que tem um quarto no seu apartamento que ela pode usar se quiser, pra ficar sozinha, pode levar alguma amiga, um namorado, Ceiça ri, envergonhada, usar o quanto quiser, dormir lá se quiser, por que não? Para se sentir livre e protegida. Por que não?

Diz que vai dormir na Virgínia. Não é Virgínia o nome daquela tua colega de sala?

Por que não? Pode ser divertido, Christian faz macarrão com molho vermelho enquanto Ceiça assiste TV no volume máximo, em casa não rola nada disso, depois coloca os fones e esquece da vida, o amigo abre o sofá do escritório, afasta tripés, libera espaço, providencia lençóis e cobertas, vai para a cozinha, jantam, ele bebe vinho, ela suco de laranja, ele pega o laptop e edita algumas fotos na sala conjugada, ela fica observando sobre o ombro dele, fotos de paisagens, todas pastoris, como se fizessem parte de um sonho, ele lhe mostra alguns truques, filtros com efeitos inusitados, distorções, riem, ela pergunta da marca na testa e ele conta de uma noite em que tentou salvar um amigo e acabou golpeado depois de lutar com dois assaltantes, ele usa outra palavra, larápios, e explica a ela o que significa, riem do som da palavra, la-rá-pios, ela pega sua mochila e se joga no sofá transformado em cama, os lençóis estalando de limpos, o cheiro de amaciante lembrando-a que está em casa, que está acolhida e segura mas sem a presença sufocante de Amália, ele vai até o escritório-quarto de Ceiça, que ouve música e manipula um tablet camuflado da mãe, abre a lente da câmera e começa a fotografá-la: de pijama, um pijama masculino, calças compridas e mangas longas, com botões; Ceiça se diverte, faz pose, confia plenamente no amigo que pouco conhece mas que se tornou uma alegria na sua vida de sombras. Depois, já com a camisa um pouco aberta, que ela mesma desabotoou, revelando as roupas íntimas, o sutiã, a calça displicentemente caída até os joelhos, a calcinha de coraçõezinhos vermelhos; um pouco depois, após mostrar para ela todas as fotos na tela da câmera, Pedro passa a registrá-la sem nada que pudesse esconder seu corpo de adolescente, os seios em formação, ela envergonhada, mas ainda confiante, o rosto rubro, os pelos ralos, pouco mais que uma penugem encarnada, as coxas ossudas, o peito salpicado de sardas, como a mãe, a boca um pouco grande para o rosto magro, ela toca com suavidade, quase temor, na cicatriz que Pedro tem na testa, ele afasta os dedos da menina e mira as nádegas incipientes de Conceição, que ela, num ímpeto, arqueia para a câmera, ousada, e logo depois recua com rapidez, após perceber que já está indo longe demais com aquilo, Pedro se desculpa, diz que vai lhe transmitir todas as fotos e apagá-las logo em seguida, que ela usasse como achasse melhor, Ceiça concorda, ele transfere as fotos para o Instagram dela, por mensagem, a operação demora vários minutos em que os dois ficam em silêncio, sem se olhar, apaga outras tantas, ela vê que Christian apagou as imagens, não falam mais no assunto, ele a deixa sozinha no escritório, dá boa noite, pede desculpas novamente, ela diz que não tem problema, foi legal, tô me sentindo bem, Chris.

Pedro não contou quantas fotos fez, seguramente foram mais de cem, mas vai saber logo em seguida, quando tilintar o Pix. Não as editou, apenas transferiu do Drive, na manhã seguinte, depois que deixou Ceiça na escola, para o administrador do grupo. Era isso que o homem, de quem nem sabia o nome, queria. Os usuários pediam fotos de pessoas reais, nada de manipulação. Nem de cenário, performance, nada disso. E rejeitavam cenas de sexo, sobretudo as explícitas. Queriam corpos, quanto mais frágeis melhor. Era isso que os excitava: corpos indefesos, de qualquer tamanho ou raça, de onde pudessem extrair um caldo que os ajudasse a apodrecer. E de onde extraíssem dor. Não uma dor física, que isso não os interessava, embora fossem sádicos e violentos em sua maioria, mas a dor da desonra. Pedro invadiu a vida de Amália, profanou seu bem mais precioso. Estraçalhou com a empáfia da mulher que o abandonou lá atrás, sem aviso prévio. Agora, acabara de compartilhar esse bem, por um bom preço, com um bando de devassos anônimos.

A sessão até rendeu um strip-tease espontâneo, natural. Pedro olha as fotos salvas na nuvem. Fará sucesso nos chats do

Discord ou em grupos no Telegram, não tem dúvida. Do lote, imprimiu como lembrança apenas a fotografia que ele guarda no moleskine, a foto em que Ceiça lhe diz, ele lembra bem disso, diz a Christian, enquanto afasta o sutiã para mostrar um pedaço do seio à câmera, o seio virgem da menina que podia ser sua filha, e que talvez fosse, de fato, embora isso nem importe mais, que nunca se sentira tão bem na vida quanto naquela noite.

Não cuidaste dele. A Voz, de volta.

Foi um acidente. Não imaginei que podia pular a janela.

Mas preferiste ir ver tua amiga, Eulália. Pensaste que se trataja de um brinquedo?

Claro que não. Era tudo que eu mais amava, o gato Tadeu. Depois de Rosângela. Sem o saber.

Sem o saber, sem o saber. Por que não o impediste?

Quem?

O cão.

5

É a fotografia de um aniversário infantil, embora haja mais adultos em volta da mesa do que crianças. Precisamente, uma fotografia do aniversário de um menino e uma menina na qual apenas uma pessoa sorri. E essa pessoa não é uma criança. Todos os outros, os que não sorriem, olham para a câmera. Parecem alarmados. Ou talvez estejam apenas tristes, mesmo que um aniversário, ainda mais de duas crianças, não seja momento para tristeza.

Contam-se dezessete pessoas na fotografia, das quais, como já se sabe, apenas uma sorri — seis delas são crianças. Há ainda dois bebês de colo. No canto superior esquerdo da fotografia, balões vermelhos e azuis. A julgar pelas roupas, faz frio. No centro da mesa há um bolo, branco, coberto de chantili, com arabescos finamente talhados. A mesa também tem salgadinhos. Um outro doce, de chocolate, está à direita na foto. Duas velas, com os números sete e nove, foram acesas sobre o bolo branco. A chama de cada uma delas reluz na cena, dois pontos brilhantes na imagem noturna.

Na fotografia há apenas uma menina: Eulália. Estão lá os irmãos dela, Pedro e Joaquim, os primos, um colega de escola e os filhos de um amigo da família. Lalinha está no canto esquerdo da foto registrada pelo pai, Carlito, com um vestido vermelho e o gato Tadeu no colo, o olhar assustado, a boca um pouco aberta, e distante, bem distante da vela acesa que marca seu nono aniversário, as madeixas que não param de crescer. Atrás dela está a mãe, Leda, com um pulôver vermelho e a mesma expressão acidental de Eulália — são parecidas, muito parecidas, não há dúvida de que são mãe e filha. O rosto de Leda está pela metade, o enquadramento não foi preciso. Trata-se do aniversário de 1972 dos irmãos Eulália Eugênia e Pedro Flávio.

Ao lado de Lalinha está Pedro, soprando a velinha de seus sete anos e olhando fixamente para a câmera, como se cobrasse do fotógrafo uma posição ainda mais vantajosa na imagem. Ele está um pouco à direita na fotografia e se esforça, é visível isso, para se postar como protagonista da cena familiar. A fotografia capta o exato instante em que Pedro está com a boca cheia de ar para soprar a sua vela de aniversário, as bochechas infladas, a boca já preparada para apagar a chama. Ao se projetar no cenário da foto, ele consegue ocupar um dos pontos de maior interesse da imagem.

As crianças estão em primeiro plano porque são o objeto principal de uma festa infantil. Dona Leda, é possível notar, acolhe Eulália, os corpos quase se tocam, é provável até que estejam de mãos dadas, mas não é possível ver esse detalhe na fotografia. Lalinha, que deveria estar no centro da cena, junto do irmão, ficou numa posição periférica; ela olha para a câmera com o mesmo rosto dócil da mãe enquanto acaricia o gato. Não foi dessa vez, e talvez não seja nunca, que será protagonista de alguma coisa na família.

Em segundo plano estão as tias Alba e Tereza, separadas pela mulher que está bem ao centro da imagem e que se sobressai, absoluta, na fotografia: é a única que sorri. Usa vistosos brincos de pérola, que brilham na imagem; veste uma blusa bordô e preta, mostra os dentes alvos e simétricos num sorriso perfeitamente calculado. É bonita. Mais que bonita, é suntuosa: cabelos pretos e curtos, olhos como duas amêndoas impressas em papel pardo. A luz da sala, que incide sobre sua cabeça, destaca ainda mais o esplendor da figura feminina. Olha para a câmera, como se comunicasse algo a Carlito. Ela ri dele. Não ri para ele. Diz-lhe, sem dizer: como pode ser tão simplório?

"Como pensaste que podíamos não saber, Carlito?"

Trata-se da tia Isabel Cristina, a tia Tininha, que não é tia coisa nenhuma, é apenas a melhor amiga da dona Leda. São colegas desde a Escola Normal, se formaram juntas, só que tia Tininha nunca lecionou, casou-se grávida com um aluno da Escola de Preparação de Cadetes e se mandou para Resende, depois para outros destinos, foram para a Amazônia, servir na selva, incomunicáveis, o bebê não vingou, só depois que voltaram ao Rio de Janeiro conseguiram engravidar de novo, o tio Vicente, tio Vica, que devia ser capitão nessa época, está bem atrás dela na fotografia, à paisana, veste um terno preto, camisa branca, gravata também preta, o figurino destoa das demais pessoas da festa, tem a expressão rígida, é o mais diferente do grupo e, assim como a mulher, olha fixamente para Carlito, postado atrás da câmera. Mas, ao contrário da esposa, parece desafiá-lo: a boca fina, apenas com o lábio inferior visível, está fechada. O rosto, simétrico ao tronco, como em posição de sentido. Não se veem as mãos, que pendem ao longo do corpo. É o mais alto da fotografia; atrás dele, só a escuridão da noite.

Tia Alba está ao lado esquerdo do casal, à direita na foto. Olha para os balões, a cabeça levemente erguida, a pele parda, parece contente com o arranjo familiar que se está fazendo ali naquela sala. Ao mesmo tempo, é possível notar uma pequena torção nos lábios, que torna a expressão dúbia — como se estivesse mentindo. Do outro lado do casal está tia Tereza. Veste uma roupa escura, tem um broche dourado no peito, os cabelos puxados para trás e excêntricos óculos escuros. Parece, ao contrário da irmã, confiante em relação ao que expressa: também olha diretamente para o irmão fotógrafo, como a tia Tininha e o tio Vica. Parece lhe dizer: como é que vais sair dessa?

E há uma espécie de presságio na cena: ele está lá, no canto extremo, à direita, quase fora do quadro, discreto como sempre, olhando para o amigo que empunha a Yashica numa noite de festa do outono de 1972, em Porto Alegre. Há um desfecho a caminho. E esse intruso já sabe qual é, pois será um de seus protagonistas.

Na manhã seguinte, o gato de Lalinha apareceu com as patas amarradas, pendurado pelo pescoço na araucária do pátio. Tadeu teve a boca costurada e dentro dela havia um bilhete com uma palavra datilografada: caiu.

6

A rua acaba em uma pequena ladeira de apenas duas quadras que, por sua vez, se abre para uma praça onde, em frente, fica o colégio das freiras, no topo de uma elevação. Calçamento de pedra, portões de ferro, casas baixas, cachorros pela rua, um campinho de terra, rodeado de cinamomos, onde duas goleiras improvisadas simulam um estádio de futebol. Atmosfera suburbana, distante do Centro, o vaivém pacato de uma cidade à margem de outra cidade. É assim que Pedro sente a vida: minúsculas ilhas isoladas umas das outras, como se o mundo terminasse na esquina e começasse de novo, com outra língua, outra bandeira, outras cores, na rua seguinte, e na seguinte, e na próxima.

Havia as bicicletas, é claro, a maioria dos guris tinha uma, mas mesmo os piques de dois, três quarteirões não faziam nenhum deles sair do bairro, se aventurar pelas avenidas de quatro pistas cheias de sinaleiras, com seus verdes e vermelhos cambiantes, ultrapassar o riacho, espécie de fronteira intransponível para menores de dez anos, cruzar as torres de alta tensão que zumbiam como se em cada poste houvesse um enxame de abelhas igual àquele que atacou o Rex um ano antes da doença, o céu, de repente, se enchendo de um marrom-escuro barulhento, e Pedro se refugiando na cozinha sem ter tempo de resgatar o cachorro, que se defendeu como pôde, encolhido na casinha junto ao muro do pátio, os ganidos ininterruptos que cessaram como começaram, do nada, igual à nuvem de abelhas que se voltou para outra direção, assim, do nada, deixando o cão para trás, abatido e ofegante no fundo da casinha, lambendo as feridas que nem eram tantas quanto as abelhas. Lembra do zunido aumentando de volume assim de repente, da tia Tereza gritando para que todos entrassem em casa, ele tentando chamar o Rex, que saltitava, inquieto, até levar a primeira ferroada que ardeu como no dia da injeção de penicilina, depois outra e aí correr correr correr como nunca e bater a porta da cozinha atrás de si, quase vomitando pelo susto, e desistir do cão, com seus ganidos agudos que ele ouviu por várias e várias noites sempre antes de dormir, como ouviu a voz de tia Alba, também por muitas noites ao longo da vida, bem mais que os uivos do cão, covarde, Pedrinho, tu é um cagão.

Muitos anos depois teria a mesma sensação de enjoo ao se safar de um afogamento, o turista argentino sendo levado pela corrente de retorno e ele tentando dar a mão até perceber que estava sendo levado junto para o mar, a praia diminuindo de tamanho, encolhendo, as pessoas encolhendo, virando pontinhos na areia, a água ficando fria até tomar a decisão de abandonar o salvamento para salvar a si próprio, ele, que sabia nadar, mergulhou a cabeça na água e deu tantas braçadas quanto pôde até sentir que já pisava no chão sólido da praia depois de um tempo que pareceu uma eternidade, antes de dona Leda recolhê-lo, exausto pelo esforço, ela que acompanhou tudo de longe e se pôs a gritar pelo filho, os salva-vidas já saindo em busca do argentino resgatado logo em seguida por um surfista, o homem se agarrou à prancha e o garoto remou até uma escuna que fazia o transporte de turistas entre a ilha e o continente, o argentino ria da aventura e dizia por poco, loco, por poco, loco, sem parar, rindo sem parar, talvez de nervoso, ou chapado, vai saber, a namorada, ou mulher dele, puta da vida com o boludo, carajo, Esteban, casi me asustas hasta la mierda, e el cabrón se riéndose a carcajadas.

Lembra desses dois episódios, e não do pai, nem dos irmãos ou de dona Leda, quando recebe a notícia: a indenização devida ao sumiço do pai foi deferida. Trezentos e cinquenta mil reais. Tem um enjoo momentâneo, um apagão, mas logo recobra o otimismo: uma grana que vem a calhar para refazer a vida, ainda mais levando em conta que pretende usufrui-lo sozinho: não, não informou ninguém que ingressou com a ação junto à Justiça Federal pleiteando indenização pelo desaparecimento de Carlos André Torres Póvoa, que em casa era conhecido como Carlito, mas na célula em que atuava, segundo lhe informou o governo, tinha os codinomes de Pardal, Geninho ou Osvaldo. Nem sabia se, de fato, havia uma célula, nunca procurou saber, se Carlito pegara em armas, se matara, se morrera, não se interessava pelo assunto, queria saber da grana, da bufunfa, se dava pra meter a mão nesse cascalho, tinha acompanhado as buscas da avó e da mãe, também havia as evidentes ligações com o "pessoal da esquerda", o tio Genésio aquele, ou seja lá que nome tivesse, não foi baleado à toa, e o sumiço afinal, disso tinha convicção, não teve como motivação nenhum rabo de saia, que o pai era metido a galã e sedutor, isso é fato, mas não faria uma cachorrada dessas com a mãe de seus filhos, de jeito nenhum. Em todo caso, a lei reconhecia como mortas as pessoas desaparecidas que tivessem participado, ou que fossem acusadas de participação, em atividades políticas e tenham sido detidas por agentes públicos, sem que delas haja até então notícias sobre seu paradeiro. O caso era exatamente esse: considerava justo que fosse indenizado pelo trauma de perder o pai.

Foi na virada do século que ingressou com a ação porque o pai foi detido por agentes públicos e até retornou alguns dias depois, todo estropiado e meio louco, mas acabou desaparecendo novamente para nunca mais, o que indicava a possibilidade concreta de ter sido novamente capturado e, então, eliminado pelo governo porque não deixou rastros, nunca mais se soube dele, nada, nem uma notícia, só a boataria de sempre, um avistamento, nada, o processo levou anos para andar, a primeira instância concedeu, até aí tudo bem, fácil, marinheiro de primeira viagem, juiz "canhotinho", mas no segundo grau foi rejeitada, então o advogado teve de fazer um tremendo esforço para levar a questão à última instância e consumir anos de idas e vindas a Brasília até uma turma do Tribunal Superior julgar uma sacola de casos e incluir o desaparecimento do seu Carlito no meio e, bingo!, deferir o processo junto com outras duas dezenas de indenizações. O advogado, claro, abocanhou trinta por cento da bolada, quinhentos mil reais no total, mas mesmo assim a dinheirama caiu como uma luva no fotógrafo cancelado pela postura inconveniente, para dizer o mínimo, e pelas acusações, nunca devidamente comprovadas, de que vendia imagens pornográficas para grupos virtuais de pedofilia e que cometia ações de racismo.

Não viu a cena, juntou os cacos do que ouviu aqui e ali na época para reconstituir no processo a tarde em que buscaram o pai em casa, uns dias depois do aniversário das crianças em que o gato Tadeu apareceu morto no pinheiro do quintal, dois jipes desceram pela Chile e pararam em frente à casa deles, fecharam os dois lados da rua, não passava nada, nem para um lado nem para o outro, quatro homens de farda abriram o portão, o motor do Corcel, novinho, do ano, ainda quente na garagem, o espectro do pai, quem sabe, ainda por ali, pela varanda, poucos segundos após ter entrado em casa depois da repartição, beijado a mãe, cinco e meia da tarde, colocado o boné no cabide, o café fumegando na cozinha, o pão estalando de novo, crocante, os soldadinhos entrando pelos fundos, o leite esquentando no fogão e a manteiga sendo tirada da geladeira, os homens invadindo a casa, vem, Carlito, o café tá na mesa, e a surpresa, não sabe se o colocaram no carro branco e preto da Polícia que chegou junto com os jipes ou se foi escoltado pelos homens de farda até sumir na esquina, a vizinhança toda na porta, a mãe em pânico, gavetas reviradas, os livros que haviam sido enterrados no quintal um ano antes enrolados em sacos plásticos, chegou alguns minutos depois do colégio das freiras e viu o burburinho já da esquina, descendo a Riveira onde, às vezes, andava de carrinho de lomba, as rolimãs soltando faíscas na calçada de laje, a mãe gritando que tinham levado o Carlito, meu Deus, o Carlito, tia Alba buscando água com açúcar, a vizinhança toda olhando pra dentro de casa, cochichando que coitada, mas o marido foi se meter com terrorista, aquele filho da puta, não diz isso, Deus castiga, Deus tá do nosso lado, pobres crianças com um pai desses, tia Tereza levando o menino pro quarto, sem dizer nada, vem, Pedrinho, vem, a Lalinha chorando no banheiro, o Quim parado na porta, sem entender nada, a mãe dizendo que o tinha visto na viatura branca e preta, sim, tinha visto sim, era ele sim, tem certeza, e tia Alba tentando tirar a ideia maluca da cabeça da cunhada, mas eu vi, Alba, eu vi, grita a mãe, não pode ser, Leda, não é, eu vi, Tereza, eu vi o Eládio no carro da polícia.

Procura um lugar para estacionar o Mini Cooper, carros e mais carros se atravancam no trânsito e ele se exaspera, não entende o movimento, é fim de ano, certo, tudo fica mais urgente, mas assim mesmo nunca viu nada igual, faz quase uma hora que saiu de casa, passou pelo Consulado, agora cruza os trilhos remanescentes que escaparam do asfalto, admira que não tenham sido roubados ainda pois ali tudo se rouba, de merenda escolar a cabos elétricos, de jogos de futebol a licitações, tudo parece estar mergulhado num caldo de interesses e de irresponsabilidade que lhe dá náusea, como chegamos a isso? O rádio está sintonizado em uma estação que o deixa mais nervoso, acusações mútuas entre políticos, um jogo de empurra, cada um quer a sua parte e ele também, o telefone não para de pipocar mensagens e mais mensagens, é uma avalancha que o deixa sem chão. Em todo caso, prefere confiar nas pessoas que conhece, precisa cuidar da vida, está sozinho, não quer se deter em coisas que não merecem sua atenção, sente calor, o ar do carro está a ponto de pifar e ele não vai investir num conserto se isso acontecer, não pretende mexer na grana da indenização, está com os dias contados, botou tudo na ponta do lápis e acredita que vai dar certo. Tem confiança que sim.

Lutou pela verba do governo, se empenhou, sem fazer juízo de valor, mas Pedro reconhece que a figura do tio Eládio, que lhe presenteou com Lurdete e um tapa na cara que o fez virar homem, causa nojo nele, aquele sorriso congelado no rosto, perturbador, o silêncio sobre o desaparecimento do pai e as negativas de que o tenha dedurado, nunca faria isso com meu cunhado, dizia, nunca, mas dona Leda, quando entrava naqueles transes de inconformidade, sempre dizia que era ele que estava no banco de trás do carro preto e branco da polícia, viu que era ele, de óculos escuros, trajes civis, à paisana, o mesmo traje da fotografia, ele que fez questão de vir do Rio só para o aniversário dos sobrinhos, sem a família, apenas ele, impassível como sempre fora o irmão adotivo, como se estivesse, indiferente, no comando da operação que iria capturar o marido da própria irmã.

Não era eu, posso provar que estava no QG àquela hora, dizia à dona Leda.

Só que nunca provava nada e tudo ficava por isso mesmo, vez por outra as acusações brotavam nas reuniões familiares, então se colocavam dedos na cara, se ofendiam, choravam, passavam meses sem se comunicar, sem uma carta, um telefonema, nem aos domingos de noite, quando a tarifa era mais barata, até que havia um aniversário, uma data qualquer de comemoração e lá iam eles se encontrar, Eládio vinha do Rio apenas com a mulher, Odete, pois a filha já não queria mais andar com os pais, vinha colocar uma pedra naquele assunto, deixa o passado pra lá, Ledinha, sei que foi difícil, ainda é, mas é melhor seguir adiante, não vai adiantar nada, já passou tanto tempo e, afinal de contas, todos pagaram uma parte dessa fatura, a anistia tá aí, agora é bola pra frente, não acha? Dá um abraço, minha irmã, vem!, e ela ia, choravam abraçados, afinal eram irmãos, não de sangue, mas isso não quer dizer nada, foram criados juntos, Gerusa e Álvaro nunca diferenciaram um do outro, a "biológica" do "adotado", como chamavam as tias Alba e Tereza, lembravam da infância, contavam histórias, abriam cervejas e guaranás e comiam sobremesas e depois tomavam licor e café e iam embora, meio bêbados, pacificados e contentes que, pelo menos, a família tinha sido preservada, as crianças cresciam com saúde, mamãe está bem, estamos prosperando e logo, logo o passado não será mais que uma daquelas estrelas que a gente vê no céu e nos dizem que podem estar até mortas, sabe?, dizem que a gente, quando olha pro céu, só vê o passado, de tão longe que estamos do que já aconteceu, de tão longe de tudo. Não é assim que tem que ser?

Problema todo mundo tem, Ledinha. O negócio é levar na esportiva.

E abraçava a irmã de novo antes de ir embora do restaurante. Ficava, o casal carioca, no hotel de trânsito do Exército, na estrutura de um quartel, guarnecidos pela tropa. Não havia mais clima entre a dona Leda e a cunhada para habitarem a mesma casa.

[ ]

Pedro não pretende colocar o automóvel numa garagem, cobram os olhos da cara, não sabe como as pessoas têm tanto dinheiro para gastar, só sabe que ele também precisa dar um jeito na vida enquanto a indenização não cai na conta, os trabalhos, que ele prefere chamar de jobs, escassearam, a canalha esquerdista nas redes acabou insuflando o mercado contra ele, desse jeito terá de pedir arrego de novo aos amigos, coisa que não gostaria, com os irmãos não pode contar, Quim é um duro, e mesmo que tivesse algum não o ajudaria depois do que aconteceu naquele domingo na Redenção, Lalinha não o suporta, embora não demonstre esse sentimento às claras, leva-o em banho-maria, provoca daqui, afaga dali, é escorregadia e articulada, a saída então é recorrer aos amigos, os influencers que não se deixam levar por campanhas ideológicas, que não caem na ladainha de feministas ou homossexuais, e também se desfazer do carro, ou de algum equipamento obsoleto, sempre tem algum iniciante disposto a pagar caro por uma câmera ultrapassada, desde que tenha grife. É do jogo.

Ele enfim acha uma vaga, embica ligeiro o carro, de frente mesmo, antes que o concorrente consiga dar a ré, admira seu próprio senso de oportunidade, sua inteligência competitiva, o mundo é dos espertos, declama o mantra do seu ídolo boleiro, o velhinho da frente ergue os braços, buzina, ele faz que não vê, estaciona, nem olha para o rival, tranca o Mini e sai apressado, o suposto roubo da vaga morreu ali mesmo, não aconteceu. Antes, porém, anota a placa do Mercedes antigo, guiado por um tiozinho que devia, a essa hora, estar em casa, cuidando dos netos, e não na rua, em plena véspera de Natal; se na volta seu carro estiver arranhado ou algo do gênero, já sabe de quem cobrar a fatura.

Por ser esperto, sempre suspeitou que os irmãos não gostavam dele. O pai também, nunca escondera a indiferença com os filhos — à exceção de Eulália, é claro, a preferida. Gosta de lembrar, por isso, quando um amigo de Carlito o chamou, a ele, Pedro, pelo nome, também Eulália, lembrou do aniversário dele e da irmã, sim, passou por lá, rapidamente, levou presentes, foi uma festa divertida, não, não soube de incidente nenhum, mas que coisa cruel, pobre gatinho; mais do que isso: olhou para ele, interagiu, fez perguntas. Talvez até tenha afagado sua cabeça, a lembrança desse dia é como uma dessas estrelas que o tio Eládio gostaria que se apagassem. Estavam num café depois do primeiro sumiço do pai, dos jipes, Carlito observando a rua, prostrado, fumando um cigarro atrás do outro, as crianças tomando laranjada, fazia calor, era quase noite, esse amigo apareceu, cumprimentou o pai, era um tipo alto e magro, o rosto cavado, e usava um bigodinho à la Brizola, os cabelos lambidos, conversaram baixo, não tem mais o que fazer, Pardal, ouviu-o dizendo ao pai, também outras palavras soltas, cai fora, um por um, sozinho, a mão direita ajeitando o colarinho do pai em sinal de intimidade, olhando de vez em quando para as crianças, Carlito quieto, o homem não recebeu o mesmo tratamento de volta, talvez por discrição, não tem certeza, talvez por outro motivo qualquer o pai manteve distância, tinha se tornado um sujeito assombrado com a velocidade da coisa toda, noites e noites sem dormir, ainda mais essa agora, "não tem mais o que fazer", tão assombrado que desconfiou daquele cumprimento generoso do amigo que não via há tempos e que apareceu do nada, a cara com marcas recentes, Carlito então se postou na frente dos filhos, como que os escondendo, mas para Pedro, que ainda era uma criança, ser chamado pelo próprio nome fazia diferença sim, a memória lhe reservava apenas cenas esparsas e conversas cifradas daquela tarde em que os jipes do Exército desceram a Chile e desembarcaram homens armados que entraram na casa deles e reviraram tudo, além de terem levado Carlito junto.

O amigo do pai era um estranho para Pedro, mas o homem sabia de tudo daquele fim de tarde, como se estivesse lá ou soubesse desde antes o que iria acontecer. Sabia o endereço deles, sabia que a casa ficava no início de uma ladeira, que foram dois jipes, e não três, o pai já se despedindo e tratando de pagar as laranjadas, o homem narrou os episódios com muita propriedade, fez um cumprimento cordial e foi se encaminhando para a rua, não sem antes dizer que se veriam novamente, Carlito escondendo os filhos com o corpo, com certeza passariam a se ver muito a partir de então, sabia que lugares ele frequentava, o pai com a cabeça baixa, cada vez mais agitado, onde fazia compras, o número do telefone também, qual carro estava usando, de que ano, tudo ele sabia, até os nomes de Pedro, de Eulália e de Joaquim, as idades, as datas de nascimento, tudo, o amigo do pai sabia de tudo.

Lívido, Carlito diz para os filhos, depois que vão embora da confeitaria, que esqueçam para sempre aquele homem.

A Voz me lembra do cão novamente. Onde ele está, pergunto.

Dentro de ti.

Não o tenho mais. Aqui não cabe esse animal sem prumo.

Mas não se podia pará-lo.

Ele me procurou, queria amparo. Do misterioso precipício que guardo no peito, o cão rasgou a carne com seus caninos infectos e varou a noite do seu silêncio sem olhar para trás. Correu como se quisesse ser mais rápido que a escuridão. Até que parou, em desalento. Olhou em volta, não havia nada. Olhou para trás: não havia ninguém. Ele era uma paisagem abandonada. Então entendeu.

Entendeu o quê?

Que o tiro foi nele mesmo, eu digo para a Voz.

7

Foi Pedro quem notou os primeiros sintomas: Rex passou a se esconder na área de serviço, entre o tanque e a máquina de lavar, e depois a se isolar de todos, não atendia mais aos chamados de dona Leda, nem aos dele mesmo — que o havia resgatado da rua, anos atrás, e que insistiu para que não o deixassem abandonado, o cãozinho caramelo que cresceu demais e alongou as pernas, como um lobo. Depois, o cansaço extremo, a recusa em comer. Dois dias mais tarde, a primeira convulsão. Os músculos paralisando aos poucos, os espasmos, a visão turva. E, por fim, a baba.

Havia depositado nele sua fonte primordial de afeto. Porque a mãe não podia mais lhe dar a mesma atenção, os irmãos demandavam cuidados redobrados, especiais até, a solidão preocupante de Eulália, sua recusa em se comunicar, a bronquite de Joaquim, as crises que o faziam tossir até faltar o ar, depois o pai quase nunca estava em casa, passava dias e dias fora, sem dar notícias, sem um telefonema, dona Leda preocupada, orando pelos cantos, até que desapareceu mesmo, a mãe choramingando quando voltava da escola, nos primeiros dias nem conseguia cuidar dos filhos, as tias nos afazeres domésticos, compenetradas, sem tempo para as inquietações dos pequenos, cozinha, banheiro, varal, e esse cachorro agora no meio do caminho, alguém ainda vai se esborrachar no chão se tropeçar nesse bicho, onde já se viu pegar cachorro de rua, Pedro?, traz doença pra dentro de casa, não é isso, Alba?, eu avisei, lembra do Minuano?, pois mordeu a mãe, deu uma dentada nela do nada, que só fazia carinho, teve que levar pontos, o

Posto de Saúde era longe de casa, foi uma sangueira danada, um cachorrão grande que um dia correu atrás do gato da vizinha, o Joli?, e não sossegou enquanto não matou e enterrou o bicho, mas deixou a cabeça pra fora, como se fosse um troféu, foi tu que encontrou a cova, né, Tereza? Foi.

Quando se deparou com a doença do cão, Pedro estava há quase três anos de volta da temporada em Cachoeira, uma internação na vó Gerusa que lhe custou boa parte da infância. Tio Eládio se prontificou, ao telefone: na falta do Carlito, vou até aí e faço, Ledinha. Muniu-se de uma coragem que nunca teve e prometeu o que jamais cumpriria. Até desculpar-se com a irmã, disse, primeiro, que não havia passagens, a FAB estava fazendo corpo mole com a milicada, os safados, depois que estava assoberbado de tarefas no quartel e, por fim, que Odete não o queria como protagonista de um sacrifício doméstico. Isso é coisa de bandido, disse ao marido. Eládio, claro, entendeu o recado.

Pedro ouve o cão, que uiva sem parar porque a cabeça dói. Porque toda a água que bebe não basta para aplacar a sede. Pedro não tem como evitar a tristeza. E a mãe, um dia, lhe advertiu: a tristeza é a enxada de Deus porque prepara o terreno, abre o caminho para o que deve ser feito. Pedro lembra então que o pai tem um revólver. Sim, Pedro sabe onde está a arma do pai.

Só que Pedro não é mais criança. E o cão uiva sem parar porque a cabeça dói.

[ ]

Pedro acaricia a arma. Tenta destravar o tambor, tem dificuldade. Mas logo descobre o pino de segurança e consegue ver que há quatro balas no compartimento. Na montanha de roupas, retira também uma pequena caixa de madeira onde está mais uma dúzia de cartuchos calibre trinta e dois. Ele nunca havia carregado a arma, apenas uma vez viu o pai municiando o revólver quando o mostrou aos filhos homens, que não passavam de crianças, antes de advertir: é para usar apenas quando for absolutamente necessário. E mostrou a trava, como se empunha, de que forma fazer a mira, onde acertar, foca primeiro na cabeça, um pouco abaixo do queixo, que o tranco desloca a mão um pouco para cima e corrige a pontaria, entendeu, meu filho? Pedro ficou com aquela frase na cabeça: quando for absolutamente necessário?

Àquela altura, as guerras já tinham acabado, uma estranha normalidade emanava de tudo e mesmo o sumiço do pai, que provocara tantas ações e debates, se dissipava como uma nuvem: não se falava mais no assunto, a mãe não tinha tempo de pensar, era dar aula e mais aula em três escolas diferentes para sustentar os filhos e um dia ele vai aparecer, tenho fé que um dia a gente vai ver ele de novo aqui, dizia dona Leda, mas nada acontecia e Pedro se inquietava com o movimento da casa, com aquela normalidade que se agravava no verão porque o calor tornava tudo mais pesado, e tinha as férias da escola, que o irritavam, mesmo que ele nem gostasse dos colegas, mas também não gostava de casa, ele tomava banho de mangueira, no pátio, quase todo santo dia, mas logo em seguida já estava suando de novo, e é dessa forma que decide, decide que talvez seja o momento de fazer alguma coisa, sim, de agir, o calor lhe frita os miolos, amolece o crânio e dona Leda está ocupada demais com seus afazeres, aulas em quase todas as horas do dia, entrega a casa aos cuidados das tias, Lalinha sempre trancada naquele quarto, livros e cadernos espalhados pelo chão, cheios de anotações, devaneios de menina, Quim distante do mundo real, muito criança ainda, sem entender bem as consequências de tudo o que tinha acontecido, do que ainda podia acontecer, do que de fato aconteceria com todos eles, com Pedro, com dona Leda, com Eulália, quando houvesse a fratura, quando o esteio se rompesse e tudo viesse abaixo de vez.

Pedro assobia para Rex, o cão está esgotado demais para atender ao chamado. Tinha as patas longas, ágeis; com facilidade, deixava seu dono comendo poeira em arrancadas espetaculares. Mas agora era um fantasma, uma sombra indigna do que tinha sido.

Vem, Rex!

Sem resposta. Pedro vai até o cão, está apático, prostrado no piso da lavanderia. Nem se esconde mais como antes, não tem mais força para isso, mostra-se agressivo mas também indefeso, não consegue se impor porque os músculos já começam a paralisar. É pesado, mesmo assim Pedro consegue arrastá-lo pela coleira até a garagem. Certifica-se de que estão a sós, os dois; fecha a porta e observa o cão, que treme o corpo todo e evita olhar para o dono. Será que pressente? Pedro então explica a ele, pausadamente, como se o cão pudesse compreendê-lo, tudo o que pretende fazer.

[ ]

Na cabeça de Pedro, os anos que passaram juntos voam. Dói nele ver o parceiro naquele estado, sente que se não agir naquele exato momento será incapaz de cumprir a tarefa a que se propõe mesmo que não entenda por que se imbuiu desse espírito resoluto, ninguém lhe cobrou nada, até disseram que um veterinário viria no dia seguinte para levar o cão embora, já estava tudo combinado, disse dona Leda ao telefone, falava com o tio Eládio e concordava com a cabeça, dizia sim, eu entendo Eládio, a Odete, sempre ela, e abanava a cabeça para os lados, mas Pedro não quer que o cão seja levado, ouve essa expressão e não se conforma, não deixará que seja levado, viveu toda a sua vida ali, não tem por que sair, pensa também no pai, no que Carlito faria, o que diria de seu filho, sentiria orgulho por ser tão corajoso? Diria para seguir em frente, sem chorar? A mãe, a essa hora, devia estar aplicando alguma prova, decerto ficaria aliviada se chegasse em casa e não ouvisse mais os ganidos do Rex, não porque não gostasse do animal, longe disso, afagava sua cabeça e sentia os pelinhos curtos que lembravam os cabelos de Pedro recém-nascido, mas os gemidos a faziam sofrer, e não achava justo que ela tivesse de sofrer pelo sumiço do pai e ainda pelo cão da família, não havia mais o que fazer, a não ser agir.

Engatilha a arma — antiga, pesada. A mão treme; ele firma a empunhadura com o apoio da outra mão, mesmo assim não consegue fixar a mira. Lembra das instruções do pai, tenta entender para onde deve apontar mas continua tremendo, um tremor que agora passa aos braços e se espalha pelo tronco, se transforma num zumbido fino que faz a visão ficar embaçada e ele não enxergar mais o alvo, fica tonto, está a ponto de desabar no chão da garagem e então apoia uma das mãos na parede, em busca de equilíbrio, deixa a arma pender na outra mão, ao longo da perna. Rex não olha para Pedro, arfa em ritmo acelerado, parece alheio ao que sucede no ambiente abafado da garagem, a tarde é quente, deve chover em poucos minutos, o que pode facilitar a segunda parte do plano, Pedro ouve as primeiras trovoadas enquanto se recompõe, a terra fofa do pátio, a pá à espera, um lençol velho que fará papel de mortalha.

Pedro diz o nome do cão mais uma vez, que não responde. A saliva forma uma espuma branca na boca do animal, ensaia se movimentar em busca de água, Rex vira a cara para o dono, olha para ele, não sabe o que significa a cena, as mãos segurando a arma, que oscila para os lados como se estivesse numa canoa, como no amanhecer em que foram buscar camarão na lagoa, Rex latindo na margem, desesperado porque foi deixado para trás, o dedo indicador do menino (ainda o vê como um menino) posicionado no centro do objeto, numa espécie de comporta que abriga um gatilho, o movimento rápido do braço do garoto em sua direção, logo em seguida um clarão intenso, milionésimos de segundo antes de ouvir um estampido seco e de sentir uma pancada no crânio que, ao fim, apaga tudo, deixa o ambiente em silêncio e sem movimento, vazio, não sente nada antes de adormecer de vez, não se lembrará desse momento, apenas do instante anterior, o movimento brusco do rapaz em sua direção, a luz antes do estampido, o nada que se apodera da sua consciência enquanto o som reverbera pelo espaço fechado, ultrapassa portas e paredes sem chegar aos ouvidos de Alba e de Tereza, que passam aspirador de pó pelos quartos, no andar de cima, além de vizinhos que, àquela hora, estarão vendo alguma novela na TV, o impacto do disparo joga Pedro para trás, que cai de costas a tempo de ver a cabeça destroçada, o sangue que espirrou pelas paredes e bateu no teto e respinga um pouco à frente de suas pernas. Faz o sinal da cruz, desvia os olhos, está a menos de um metro de Rex, os caninos do cão sobressaem do corpo, intactos, as manchas da idade, o tiro atingiu o olho esquerdo e dilacerou a fronte.

O corpo ainda treme antes de estancar, alguns segundos, poucos, assim como o de Pedro - depois, ele entra em casa e esconde a arma no lugar de sempre, diz às tias que também ouviu, o barulho veio da rua, deve ser algum vizinho soltando foguete, Alba e Tereza não se incomodam, voltam a seus afazeres, Lalinha sequer se move, não se interessa pelas explicações do irmão, só pensa em Rosângela e no gato Tadeu, de quem sente uma imensa falta que a fará se aproximar de Rosângela, Quim não acorda da sesta, os remédios da bronquite e da alergia, que também começou a afetá-lo, dão sono, ele passa muito tempo dormindo.

Pedro enrola o cadáver de Rex no lençol e o arrasta da garagem até o pátio, confirma o lugar da sepultura, cava com dificuldade, pois a chuva esperada não veio, tapa o buraco, bate com a pá na terra e limpa os rastros deixados pelo caminho; esfrega a parede, mas não consegue alcançar a mancha de sangue grudada no teto, que, entretanto, ninguém irá notar. Depois, ensaia as respostas que dará para a mãe. Sente-se desamparado e ao mesmo tempo seguro de que fez o que deveria fazer. O que sua condição exigia. Experimenta até mesmo uma pontinha de prazer pela missão cumprida, sabe apenas que está em paz quando termina de soterrar o corpo de Rex no canto direito do pátio. Então, sobe ao quarto dos meninos, pega um pijama limpo na gaveta da cômoda, cuidando para não acordar o irmão, e toma um banho quente.

8

Quim, naquele domingo na Redenção, parece um pedaço de papel solto pela rua. Uma besteirinha qualquer que o vento leva. É assim que enxerga o irmão, que encontra depois de alguns meses com Gabriel a tiracolo. Pedro o contempla com assombro: não duvida que Quim gostasse de passar seus dias extraviado em um matagal ou em uma rua movimentada de Porto Alegre, como uma guimba na sarjeta, atento apenas a seu pequeno mundo de acontecimentos extraordinários, um pé descalço que passa e que lhe chama a atenção, um grito distante, o verde e o vermelho do semáforo que se alternam com um clique que só ele percebe.

E, no entanto, parece mais vivo que nunca. Mais vivo que o próprio Pedro, que tinha razões de sobra para se achar superior. Mais vivo, mesmo com suas camisetas de quatro, cinco verões atrás. Com seu guarda-roupas espartano, sua falta de estilo, as sandálias gastas. Pedro não esconde um certo ranço porque o julga mimado, o último filho, aquele que, mesmo protegido, não soube aproveitar as oportunidades; já adulto, abraçou a "causa" da família ao cercar dona Leda de mesuras. Pedro vê apenas interesse nesse cuidado todo, não um traço de caráter, o caçula nunca deu muito certo na vida, os dedos longos e magros não fizeram dele um bom pianista, não que ele mesmo tenha dado muito certo, pelo menos tentou, mas o irmão não se dedicou como devia, já nas primeiras dificuldades desistiu de uma carreira clássica, depois, à parca resiliência se juntou a falta de dinheiro, sempre a falta de dinheiro que o fez se transformar em um músico mediano, capaz de levar uma vida sem grandes atropelos mas fadada ao anonimato, e um curioso de ideologias alheias à sua formação, o veganismo, o culto à ayahuasca, ele que teve um casamento desastroso, que perdeu para a ex o apartamentinho financiado, por isso a saída, para Quim, era bajular a mãe, fazer um arranjo favorável com os irmãos, Lalinha não será empecilho, tem uma vida estável, economicamente falando, embora nunca se saiba por que o tempo é cheio de artimanhas, e ela está naquela fase em que as pessoas se tornam uma fonte constante de especulações, viu que está mancando de uma perna? Ainda tem que pagar pelos remédios da mãe, dar-lhe assistência, menos mal que não teve filhos, ela, que esgotou seu estoque de orações antes de Rosângela ser levada pela doença, uma vida juntas e para quê? "Não vai dar nada, dona Eulália, fique tranquila, a senhora é o que dela mesmo?" Mas deu. Na última noite de UTI pediu que a deixassem seguir em frente, não podia mais, os pulmões tomados de infecção, o médico plantonista estava fumando na entrada do hospital quando foi chamado e chegou ao quarto ainda com bafo de cigarro, tossindo, sem máscara, os sinais vitais se indo, um residente que devia estar plantando soja com o pai em vez de atender pacientes a contragosto num hospital público.

Mas agora, quando estão os três no parque, num domingo ensolarado de verão, estreando a bola nova do pequeno Gabriel, procura não se ocupar desses dilemas familiares. Tem dez anos e é o típico guri de apartamento, criado mais com a ajuda dos avós do que dos pais, protegido de todos os males do mundo e alheio a qualquer tentativa de contato com a natureza hostil, com suas infecções à espreita, a seleção natural. Agora os três formam uma rodinha, num dos tantos gramados do parque, para experimentar a sensação de liberdade do domingo, com as paineiras começando a florir, a temperatura ainda amena àquela hora da manhã, o azul do céu contrastando com o pasto bem aparado, outras famílias abrem cadeiras de praia sob árvores copadas, procuram uma sombra pois dali a pouco vai esquentar, tomam seu mate enquanto soltam cachorros que não são muito diferentes do pequeno Gabriel ao se depararem com a vastidão de um campo, correm para todos os lados sem saber aonde ir, rolam na grama com outros animais, os donos alvoroçados pois o banho de sábado custou uma feira, não que vá fazer falta, mas nunca se sabe, os rumores dão conta que a situação pode se agravar com mais lockdowns e, bem, aí será preciso ter sangue frio, mas não, tudo vai ficar bem, confia Pedro ao ver o sobrinho correndo atrás da bola, monitorado pelo olhar atento do pai, Pedro que não tinha um pensamento amoroso há meses. Tudo vai acabar bem e a vida voltará ao normal.

Por ora, aproveitam o dia como se fossem uma família, ao menos biológica. Nunca foi próximo ao caçula porque seu nascimento coincidiu com o pior momento deles, o pai quase sempre ausente quando o Quim ainda era um bebê, cada vez mais distante, depois a perseguição, o sumiço, o impacto nas vidas de cada um, as tias imprestáveis em matéria de afeto, a mãe se virando para suprir a falta de salário do Carlito, desligado da repartição assim que deu um mês de sumido, ele, Pedro, sem ter sequer a válvula de escape da escola, tendo de passar meses com a vó Gerusa e o coronel Alvim para aliviar a pressão da casa; o irmão mais novo ainda necessitava de cuidados, as crises da bronquite deixavam todo mundo em pânico, foi o que mais se assustou quando o pai voltou para casa, depois do primeiro sumiço, todo quebrado, em silêncio, fumando um cigarro atrás do outro, nunca o havia visto com barba na cara, a camisa aberta no peito, Pedro lembra desses detalhes quando se dá conta que não sabe se o irmão é destro ou canhoto, nunca soube, nunca prestou atenção, não sabe nada da família, quem era o pai, por que sumiu, o que fez para desaparecer, como seria ele agora, passados tantos anos, que cheiro teria, seria capaz de abraçá-lo? Agora que nota Quim chutando com a perna esquerda compreende o tanto que se sentia roubado pela sua presença, sempre chamando atenção como o prodígio da família, como o diferente, o que aprendeu a ler mais rápido que todos, o que tinha talento para a música, o que tocava Bach com sete anos, que saltava da cama antes de todo mundo, ao primeiro cutucão da tia Alba, mesmo no inverno, quando ainda era noite, ou o que tinha rostinho de anjo, como dizia tia Tereza, enquanto Pedro puxara ao pai, o nariz redondo feito uma batata, a mancha na testa.

Mas não no quesito futebol, o que pode servir de consolo. Pedro sempre se achou um exímio jogador, era disputado pelos colegas, por isso lhe parece constrangedor ter de estar com os dois ali, pai e filho, em público, o garoto fardado com uma dessas camisetas de time europeu, amarela, os dois se divertindo com as trapalhadas e indiferentes à expiação pública. Pedro se limita a empurrar a bola com o pé, sem muita ênfase, para um e para outro, evita qualquer rompante porque tudo pode virar comentário, julgamento, e ele sabe que há um cânion de divergências a separá-los, as visões antagônicas de mundo, as maneiras de solucionar conflitos, tudo os afasta. Mas não é hora de pensar nisso, e sim de observar o menino que acompanha, de longe, os três se divertindo com uma bola e que, talvez, seja um pouco mais novo que Gabriel, olhando atentamente os movimentos do trio. Ele parece estar sozinho, veste roupas comuns, sequer usa tênis, e, não há dúvida, se encanta com a cena que é a própria alegria em família: uma bola, um gramado, dois adultos irmãos e uma criança, filha de um deles, brincando sob o sol de verão. Esse pensamento lhe passa pela cabeça um pouco antes apenas de Gabriel chutar a bola com força e sem rumo, como de praxe. E do garoto correr para pegá-la, pois foi na sua direção. É um gesto espontâneo e comum: um menino correndo atrás de uma bola. E mesmo que não tenha sido convidado a participar da brincadeira, o estranho sabe que poderá ser integrado à equipe porque, afinal, é uma criança, pode servir de parceiro ao outro menino que joga meio desajeitado com os adultos, o garoto corre e alcança a bola, levanta-a e faz duas ou três embaixadinhas antes de chutá-la de volta, Quim se espanta com a habilidade dele, bate palmas, quem sabe possa ser uma boa companhia para o filho, ensiná-lo alguma coisa de futebol, o garoto se aproxima, Pedro mantém distância, conversam, o rapaz, agora percebe que deve ser mais velho que o pequeno Gabriel, apenas mais baixo, pega a bola, faz novas embaixadinhas, troca de pé, eleva-a à cabeça, o guri é mesmo bom de bola, passa-a a Gabriel, que bate de canela e a deixa escapar. Não há possibilidade, pensa Pedro, de dar certo, o sobrinho é tosco demais, em caso de uma disputa será devastado pelo adversário. O menino então propõe formarem dois times, um adulto e uma criança em cada um, quem fizer cinco gols ganha. Monta uma goleira com seus chinelos de dedo e usa duas pedras para formar a outra meta. O garoto está à vontade, sugere que pai e filho fiquem no mesmo time, parece o dono da bola, Quim e Gabriel se divertem muito embora tomem um vareio da dupla adversária, que abre três gols de vantagem em pouco tempo de disputa. Nos dois últimos gols, que decretam a vitória por cinco a zero, Maicon (esse é o nome do rapazinho) faz jogadas individuais e dribla os adversários com extrema facilidade.

Pedro comemora e sugere que está na hora de terminarem o jogo, começa a ficar calor, perto da hora de almoçarem, a mãe tem o hábito de comer cedo, não podem se atrasar. Maicon sugere então que formem, rapidamente, outros times, ele vai jogar com seu pai e seu tio, que se aproximaram para chamar o menino, uma partidinha só contra os novos amigos que fez na Redenção, ele implora, Quim se anima, acha que será divertido, Gabriel está mais preocupado em saber se perdeu algum vídeo no TikTok nos minutos em que ficou jogando bola com o pai, os dois homens repreendem Maicon, dizem que está na hora, que não perturbe, ele insiste, pedem desculpas e se apresentam, trocam cumprimentos cordiais, a distância, sem apertos de mão, perguntam se o rapaz não os está incomodando, Quim responde que não, é muito bom de bola, diz, o pai (presume Pedro) concorda e completa que Maicon joga em alguma escolinha de futebol que ele não guarda o nome, o homem é forte e tem um biotipo de jogador, coxas grossas, panturrilhas salientes, também tem habilidade com os pés, agora faz embaixadinhas e joga a bola para o outro homem, mais alto e magro, longilíneo, o cabelo mais crescido, ele mata no peito e devolve a Quim, que a deixa cair de forma deplorável. Pedro quer ir embora dali, não tem a mínima vontade de interagir, não acha boa ideia aquele encontro fortuito e faz sinal para o irmão, mas ele é lesado demais, não percebe nada de anormal e já se posiciona numa das goleiras, bate uma mão na outra, chama Gabriel, está imbuído de um espírito competitivo que nunca teve, sempre viveu à sombra da mãe, comendo pelas beiradas, sem nenhuma vontade de se aventurar pela selva de pedra, lembra da mãe vendo a novela com esse nome, ele pequeno ainda, Quim de colo, sem poder entender a intrincada trama de mentiras e de vingança que se apossa do elenco, um tiro, um assassinato, uma testemunha.

Mas acaba cedendo, pode ser preconceito dele, que se acha empático, receptivo, percebe que a alguns metros há mulheres e meninas se divertindo sobre uma toalha de mesa estendida no chão, com refrigerantes, salgadinhos, devem ser a família do trio de jogadores que agora esbanja talento enquanto os irmãos batem cabeça, não se entendem no pequeno campo improvisado. Pedro se enerva com Quim, pede mais empenho, afinal foi ideia dele disputar uma partida com os estranhos, agora era ganhar ou ganhar. Logo os visitantes abrem dois gols de vantagem, ao natural, mas Pedro, num esforço imenso, consegue descontar com um chute de longe que deixa dúvidas sobre ter sido gol ou não. A reação dura pouco: o trio adversário começa a levar mais a sério a disputa e enfileira gols nos adversários; ao mesmo tempo, Pedro vê ruir sua convicção de que era bom de bola quando começa a se sentir humilhado pelo outro time. Os homens riem a cada jogada, batem-se as mãos, Pedro e Quim mal tocam na bola, o menino entra na farra e parece se divertir muito com a falta de habilidade de Gabriel, Quim se esforça mas é envolvido com facilidade, os gols se avolumam, nem sabem mais quantos foram, os homens correm de um lado para o outro, trocam de posição, são escorregadios e parecem bem entrosados nesse tipo de disputa, Pedro acha que há uma certa desonestidade neles, deviam ter avisado que estavam acostumados a jogar juntos, que eram craques, ele e Quim, coitados, mal se viam, o que dizer de jogar uma pelada, não era justo, pensa Pedro, mais uma vez envolvido por um drible do irmão mais alto, quando então o outro, o mais atarracado deles, que Pedro julga ser o pai de Maicon, recebe a bola, engana Pedro com uma jogada de corpo e passa em direção ao gol deixando-o sentado: é quando Pedro estica a perna e, sem nenhuma sutileza, bate com o pé no tornozelo do homem para que se desequilibre, caia e role pela grama até parar num passeio de areia que lhe rala as pernas. Pedro imediatamente se levanta e alega disputa de bola, mas o irmão do homem diz que não, que foi uma rasteira por trás, não tinha disputa nenhuma, pra que isso, cara?, enquanto o outro se levanta, verifica os arranhões, bate as mãos no calção para limpar a poeira, Quim parece ficar um pouco perdido com o episódio, não viu direito o que houve, busca proteger Gabriel, que não entende nada, Pedro insiste que foi na bola, não tinha intenção de machucar ninguém, discutem, o pai de Maicon mostra as escoriações, reclama que era só uma brincadeira, um joguinho inocente, cara, uma brincadeira sadia, não estavam se divertindo?, mas Pedro continua a dizer que foi na bola, que não fez nada, que futebol é isso, ele que pare de se queixar como uma garotinha mimada e siga o jogo.

Não havia mais clima para a partida seguir adiante. As mulheres logo perceberam a confusão, se aproximaram e tentaram apaziguar, mas os ânimos já estavam quentes — como o domingo de verão, cujas horas avançavam impassíveis. Também outras famílias próximas notaram a discussão, observavam de longe, comentavam, as vozes soavam altas, era possível ouvi-las a distância, embora não houvesse embate físico. Quim procurava demover o irmão, pedia para se desculpar, ele mesmo se sentia envergonhado pela agressividade do parceiro de time, que agora passava a xingá-lo também, de ingrato, de covarde, vai ficar ao lado desses caras aí, seu bosta, sou teu irmão, te lembra? Os dois homens resolveram se afastar, ainda reclamando da agressão, convencidos pelas mulheres, as meninas, que deviam ser primas, assustadas, Gabriel alheio, manuseando o iPhone, presente de Natal bem mais interessante que a bola, que a essa altura ninguém mais sabia onde tinha ido parar, talvez atrás de um arbusto, ou tenha rolado para a rua depois daquela rusga toda. Mas não se afastaram a tempo de evitar um carro da Brigada se aproximar e parar junto ao meio-fio, ao lado da cancha de futebol improvisada. Dois policiais desceram para averiguar o motivo da discussão. Pedro percebe que um dos policiais vem em sua direção, enquanto os homens se distanciam, e se apressa em dizer.

Roubaram, tentaram roubar, a bola do meu sobrinho. Foram aqueles dois ali.

Os homens já estavam longe, nem ouvem a acusação. Se afastam junto com as famílias, julgam que o caso acabou, não deviam ter jogado com aqueles maus perdedores, os dois já riem lembrando da ruindade dos adversários, debatem os lances mais importantes da partida, as meninas voltam a se alegrar com o domingo de sol, começam a recolher as cadeiras de praia porque decidem ir para outro lugar, o episódio, mesmo sem gravidade, irritou-os, era melhor mudar de ares mesmo, quem sabe ir até para o Parque Marinha, talvez a orla já estivesse muito cheia a essa hora, diz uma das mulheres, quase meio-dia, amor, em todo caso era só pegarem os carros e quem sabe escolher uma praça mais vazia do Centro mesmo, comprar pão e frios em alguma padaria e fazer sanduíches, sentar num gramado sob uma árvore frondosa e esquecer daquele jogo, aproveitar o domingo, nada de bater bola mais por hoje, dizem-se os irmãos, rindo alto agora, antes que um dos PMs, o mais forte deles, alto, de ascendência germânica, como está escrito na sua farda, Händel, cabo Händel, os intercepte e comunique a acusação.

Ô, vocês dois aí, é bom devolver a bola do guri senão a coisa vai feder. Tá ouvindo, negão?

O homem não respondeu.

Olha pra mim quando tô falando contigo, ouviu? O cassetete já na mão.

A princípio, Luiz Francisco Souza Duarte, depois se soube que o nome dele era esse, não entendeu a abordagem. Nem sequer imaginou que fosse com ele ou com alguém de sua família, todos também perplexos àquela altura. O segundo policial se manteve distante, mas atento.

Não ouviu? Cadê a bola do guri?

Eu não peguei bola nenhuma, tava jogando com o pai dele quando ele me deu um carrinho e me jogou no chão. Não gostei, discutimos, mas já passou. Não sei de bola nenhuma.

Sei. Ele, e aponta para Pedro, está dizendo que vocês roubaram a bola do menino.

Tentaram roubar, corrige. E não é meu filho, é meu sobrinho, completa.

O policial olha com animosidade para Pedro. Não gosta da intromissão, uma autoridade, quando está falando, não pode ser interrompida. Muito menos questionada, como ele acaba de fazer. Mas prossegue, mesmo irritado.

E aí, vão devolver na boa ou vão querer ir pra delegacia?

O outro policial se aproxima, junta-se ao que parece ser o mais graduado dos dois, que está no comando. Ambos são altos e fortes, as tarjas funcionais identificam o soldado Lopes e o cabo Händel, o fenótipo indica que são de origem europeia, não resta dúvida, mas o suspeito, a julgar pelo sobrenome, também tem essa origem, mesmo que os tipos destoem bastante entre si: os policiais de cabelo liso e olhos claros, enquanto os irmãos Souza Duarte, de cabeleira crespa e pele negra.

Luiz Francisco continua sem ter o que dizer. Não sabe onde foi parar a bola depois do entrevero, não pegou, tenta com calma explicar isso ao policial mas, devido à tensão do momento, tropeça nas palavras e não consegue ser objetivo. Gagueja, o que, aos olhos do soldado Lopes, é um nítido sinal de responsabilidade. Culpa, no seu jargão policial. Toda a família Duarte se sente acuada, as meninas (precisamente quatro) ficam coladas às mães, João Manuel (que, depois se soube, vem a ser irmão de Luiz Francisco) se aproxima, o outro policial, o cabo Händel, pede que ele fique distante, a conversa é com o outro, com o baixinho ali, como reforça, Quim está apreensivo, tenta conversar com Pedro mas ele pede que se cale, não é mais hora de intervir, o problema agora passou a ser entre os policiais e os dois homens, que debocharam deles, será que tu não entende, Quim? Os caras quiseram nos humilhar. E a bola, onde que tá? Sumiu. Tá vendo ela por aí? Aposto que aquele guri escondeu em alguma das sacolas. Uma bola novinha. Não duvido que seja tudo premeditado, que eles tenham armado essa confusão só pra roubar a nossa bola.

Pedro, a bola custou oitenta reais. Os caras não parecem estar na merda pra roubar uma bola vagabunda daquelas.

Não me interessa. Tão pensando o quê, que vão me cagar na cabeça aqui na minha cidade? Não mesmo.

Pedro, que merda é essa de minha cidade? É deles também, vê se te manca.

Um caralho. A cidade deles é outra. É lá pros lados da Restinga ou sei lá de onde eles vêm. Não aqui. Raça do caralho.

Como a bola não aparece, o cabo Händel decide (e comunica isso ao grupo) que vai revistar as sacolas da família porque uma coisa não pode sumir assim, do nada, alguém pegou, se não foi vocês, ele diz, não precisam se preocupar, não tem do que ter medo, né?

Ô, Lopes, dá uma força aqui.

Luiz Francisco, entretanto, não gosta da abordagem. E não admite, diz isso com todas as letras ao policial militar, que seja devassado, ele e sua família, por uma suspeita absurda. Infundada. Mais: como servidor da justiça estadual, só permitirá uma revista com ordem expressa de um juiz. Sabe muito bem quais são seus direitos.

O cabo Händel (em cuja identificação consta tipo sanguíneo A+) recua, quem sabe dando-se conta de que pode estar cometendo um erro, porque afinal de contas ninguém agrediu ninguém, é só uma bola, domingo ao meio-dia e essa porra de ronda tem que acabar em merda, pensa ele, mas logo depois se deixa levar pela irritação, pelo calor, pelo colete à prova de balas, que comprime seu tórax e lhe dá uma coceira nas costas que ele não consegue coçar, pela sede e pela fome (saiu de casa às seis da manhã, só havia comido uma banana até então) e grita com Luiz Francisco, decide resolver aquela parada na marra mesmo, onde já se viu, um bosta desses dizendo a ele o que pode ou não pode fazer pra manter a ordem, se não quiser ser revistado, tudo bem, anuncia já segurando o homem por um dos braços, então vai todo mundo pra delegacia.

É isso que tu quer, neguinho de merda, levar todo mundo pra delegacia?

O cabo Händel torce o braço esquerdo de Luiz Francisco e, com as pernas, desequilibra o homem que, mesmo forte, não resiste e cai de bruços. O cabo logo coloca o joelho direito sobre as costas do homem e, aos gritos, diz para todos se afastarem, pede ajuda ao soldado Lopes (AB+), ele completa a imobilização, que a essa altura já se dá sem resistência, Leda de Araújo Duarte, esposa de Luiz Francisco (que, curiosamente, tem o mesmo prenome da mãe de Pedro e de Quim), avança sobre os policiais mas é contida por João Manuel, o cunhado dela tenta acalmar os PMs, diz que não precisam ser violentos com o irmão, que tudo vai ser explicado, pede à mulher que ligue para alguém, um advogado amigo da família, qualquer pessoa que possa ajudar, orienta a própria esposa, a jovem Janira Schiavini Duarte, a reunir as crianças, que choram e gritam enquanto Luiz Francisco, com o braço esquerdo torcido pra trás, sente a ponta do joelho do cabo Händel lhe perfurar as costas, trata-se de uma pressão insuportável que o faz sentir náusea e, depois, tontura, e mesmo que quisesse não poderia se desvencilhar pois teme, nesse momento, que um movimento brusco acabe rompendo uma de suas costelas, o que teria potencial para perfurar um dos pulmões, ou mesmo os dois, dada a natureza da imobilização, e causar um pneumotórax traumático que pode ser fatal, sabe disso, e dos riscos que corre, porque é enfermeiro graduado, como deixaria bem claro mais tarde, já na delegacia, à noite, depois do exame de corpo de delito, diante de seus agressores que, sem se intimidar, sustentaram para o delegado que haviam sido desacatados por toda a família quando investigavam uma denúncia de furto.

Pedro assiste a tudo sem intervir. Acha que os homens lhe faltaram com respeito, tentaram fazê-lo de pateta diante de seu irmão e do sobrinho usando habilidades raciais para humilhá-lo. Foi a expressão que usou aos policiais. Era nítido que haviam passado dos limites, não precisavam ter rido deles, tampouco escondido a bola, por isso achava que não devia se meter. Quando chega a segunda viatura com quatro homens, e mais uma terceira, logo depois, para levar os denunciados à delegacia, ele é convocado a acompanhá-los para formalizar a denúncia, já que as bolsas e sacolas da turma não tinham sido revistadas. Nem a presença de uma advogada chamada às pressas impediu a remoção, embora tenha evitado as algemas. Luiz Francisco, visivelmente abatido pelo golpe, arfa no banco de trás da Duster, ao lado de um policial identificado como soldado Aquino (sangue O+), sentado entre ele e o irmão João Manuel, enquanto dona Leda e a jovem Janira vão em outro carro acompanhadas das quatro meninas e de Maicon, que assistiu a tudo compenetrado e atento. Sem chorar.

Muitos anos depois, iria utilizar o episódio para justificar, em seus discursos, os pedidos de indenização no movimento de justiça reparatória criado por ele.

[ ]

Na delegacia, Pedro detalha em seu depoimento que estava jogando bola com o irmão e o sobrinho quando foram interrompidos por um garoto que insistiu em brincar com eles. Como estavam só os três, ele e o irmão concordaram, ainda que relutantes, em formar dois times para disputarem uma partida de futebol. O menino mostrou muita habilidade, parecia estar acostumado a jogar naquele parque, por isso ele conta que estranhou quando os dois homens se aproximaram e, dizendo serem pai e tio do rapazote, propuseram uma nova formatação na disputa – dois times, agora com as duas famílias se enfrentando. Pedro alega que, a princípio, não gostou da ideia e tentou demover o irmão, mas o tom intimidador usado pelos dois homens os convenceu a jogar uma partida. Apenas uma. Pedro relata que, desde o começo, percebeu um tom jocoso nos marmanjos, que riam deles todo o tempo e debochavam das roupas de ginástica, como se devessem andar mal vestidos como os denunciados (palavras dele). Mesmo assim, Pedro declara que o jogo transcorria sem incidentes até que uma entrada mais viril de sua parte, no adversário identificado apenas como Luiz, causou indignação no seu oponente, que lhe cobrou satisfações, junto com o irmão, sobre a deslealdade do lance. Pedro conta então que discordou da reclamação, que a jogada tinha sido viril mas não desleal, e que os homens, nesse momento, enfurecidos, teriam agredido ele e seu irmão, além do sobrinho, com palavras de baixo calão e ofensivas à honra de seus familiares, causando mal-estar e indignação. E que ele, Pedro, tentou apaziguar o ânimo dos adversários, sem lograr êxito. Possessos, os homens teriam jurado vingança, motivo pelo qual optou por acionar uma viatura da Brigada Militar a fim de sanar o conflito. Ao mesmo tempo, a bola com a qual disputavam a tal partida havia sumido. Provocado, Pedro aponta os dois homens que foram levados à delegacia como os autores das ameaças e, por extensão, do sumiço da bola. Quim se manteve calado. E, mesmo reconhecendo a falsidade do relato, não pretendia desafiar o irmão, não ali, naquele local, naquelas circunstâncias. Quando se arrependeu, já era tarde demais.

O senhor quer confirmar a denúncia contra os elementos agressores?, pergunta o delegado. O senhor pode retirar a queixa, se assim o desejar, já que a bola foi encontrada.

Resoluto e confiante, Pedro rebate:

Não, vou prosseguir. Quero crer que eles a esconderam no meio daquele arbusto para buscá-la mais tarde.

[ ]

Os policiais foram na mesma toada, acrescentando ainda que haviam sido desacatados pela dupla e, depois, por toda a família, assim que tentaram se informar sobre o episódio. E que o principal acusado, Luiz Francisco, resistiu à ordem de revista; depois de imobilizado, também resistiu à voz de prisão, tendo incitado o irmão contra os policiais e ofendido a progenitora do cabo Händel, que comandava a patrulha.

Ainda com as escoriações da queda provocada pela jogada abusiva de Pedro, Luiz Francisco foi levado para o DML e lá realizou exames que atestaram haver uma luxação no ombro esquerdo, atribuída prontamente à queda pela disputa de bola. Também foi constatada uma lesão no tórax, com contusão pulmonar de baixo impacto, talvez pelo procedimento de imobilização feito pelos policiais. Ou por alguma pancada na queda, o laudo foi inconclusivo nesse quesito. Os irmãos foram citados por injúria e tentativa de lesão corporal leve, além de tentativa de furto. Antes de assinarem o termo circunstanciado, o delegado Osmar dos Santos Dornelas, autoproclamado parente distante do fundador da cidade de Porto Alegre, perguntou se sabiam ler.

Luiz Francisco e João Manuel acabaram soltos na madrugada de segunda-feira, depois do pagamento de uma fiança atribuída pelo doutor em sete mil reais para cada um. Houve uma intensa mobilização da comunidade negra de Porto Alegre para angariar os fundos necessários à soltura, uma vez que o delegado exigiu pagamento em dinheiro.

9

A muito custo, Pedro consegue convencer os agentes da PSP, que foram atender à ocorrência na pizzaria, a liberá-lo da averiguação, apesar dos protestos dos africanos. Afinal, é um deles. Tem um passaporte português, validado por um dos policiais que fez a checagem do documento com a Central. Está bem-vestido, transmitiu confiança durante o pequeno interrogatório a que teve de se submeter no restaurante, asseverou que não fez nada de errado, a menina cabo-verdiana o interpretou mal, é um sujeito respeitoso, até tem uma filha do tamanho dela, diz aos policiais, como poderia fazer algo semelhante do que o acusam? E comprometeu-se, além disso, a se apresentar à esquadra no dia seguinte, para novas diligências sobre o caso, se isso fosse necessário. Sente-se em paz. Julga que está entre conterrâneos, e não seria a palavra de uma negrinha exibicionista que iria abalar sua confiança. Teve experiência semelhante há pouco tempo, de uma infundada acusação de racismo, da qual se saiu muito bem. É verdade que teve de enfrentar a ira dos moralistas de plantão, mas do ponto de vista legal não se comprometeu. Não se considera um sujeito leviano, entende que há inúmeras formas de se promover a igualdade — não com privilégios ou benesses. Isso não. Também não se considera superior a ninguém, tudo que conquistou foi por seu mérito e, bem, também não é culpa sua se nasceu branco, de pais brancos, em um país branco.

Enquanto caminha de volta para a pensão, ensaia justificativas para as perguntas que poderão lhe fazer no dia seguinte: onde conseguiste o passaporte? Tens os documentos originais que justifiquem a ascendência lusitana? Uma eventual acusação de falsidade ideológica não parece nada simples, passaportes não são vendidos em farmácias e há toda uma formalidade de registro, documentação, um rigor até ostensivo. O pedido fica anotado, há uma agenda oficial, todo esse passo a passo ele pode provar que fez. Mas tem dúvida sobre as provas de sua origem: seus avós maternos nasceram em Portugal, no norte do país, não os conheceu; nunca conseguiu as certidões, nem outros papéis que confirmassem o fato, seu pai havia sumido no mundo, não tinha onde procurar, as tias eram limitadas demais para lhe dar qualquer pista, então tem apenas os documentos obtidos com a dupla de portugueses que lhe ofereceu os registros legais firmados em cartório e tudo, com a garantia de uma advogada, e com a certeza de que tudo está dentro da mais perfeita harmonia em relação às regras locais. Em todo caso, há confirmação dos pedidos de nacionalidade no vice-consulado de Porto Alegre, há pagamento de taxas, encaminhamentos, são provas de que, de alguma forma, obteve o passaporte ilicitamente, embora tenha pagado vinte mil euros pelas supostas certidões de nascimento e de casamento dos avós, uma beleza, documentos até com rasuras para comprovar a passagem do tempo. Mas são pessoas que existiram, não pensa que tenha participado de uma farsa. O que fazer? Dá-se um jeito. Sempre dá-se um jeito. Mais uma vez se via na contingência de ser julgado, se o fosse, de maneira precipitada e injusta. E imoral, já que seu direito estava assegurado pelas leis portuguesas. Quantos não fariam como ele?

Não acha, porém, que já corra risco. Passou no primeiro teste. Um teste complexo, difícil. E passou com louvor. O guarda da PSP desconfiou dele, isso é certo, seus modos abrasileirados o desagradaram, mas assim que deu de cara com o passaporte português se acalmou, passou a tratá-lo com deferência, como se Pedro estivesse, e estava, num andar superior a seus acusadores. Em todo caso, já o haviam advertido do rigor dos policiais nesses antros de imigrantes, já havia visto outros oficiais nas redondezas da Amadora, pelo Jardim das Marias, circulando nas Portas de Benfica, procurando alguém para abordar. E gente não faltava por ali para isso, imigrantes angolanos, moçambiquenhos, cabo-verdianos, mas também sefarditas de Israel, ingleses pobres (e brancos) que fogem do Brexit, romenos e, claro, brasileiros. Quantos estarão legalizados? Por isso, mesmo com o passaporte, precisa tomar cuidado, evitar ações chamativas, sair menos à noite, quando muitos pontos da cidade — a Cova da Moura, a Buraca — são visados pela PSP, andar apenas pelas avenidas, não usar atalhos, evitar dar mole nas esquinas.

Está quase chegando ao metrô quando vê duas mulheres correndo. Tarde da noite, talvez se apressem para pegar o último trem. Vêm dos lados da Estrada Militar. Cruzam a passarela; esbaforidas, carregam várias sacolas nas mãos e dizem a ele algo que não entende bem. Não consegue identificar o idioma que falam, parece-lhe familiar, mas como gesticulam muito e seguem adiante não dá importância. Logo atrás, porém, aparecem dois homens. Os dois são negros. Um mais gordo que o outro, aparentemente mais velho, que vai ficando para trás depois de descer a escada da passarela. Com seu português reconhecível, ainda que enrolado, o homem mais jovem diz que estão por toda parte, seiíram como bãratasx dos bueirojs, Pedro consegue entender, ele fala rápido e o sotaque não ajuda, além disso parece nervoso e com pressa, Pedro pede que ele repita mas o homem não para e nem ajuda o que parece ser seu pai, que estanca, põe as mãos nos joelhos e busca oxigênio para continuar o trajeto, que agora parece cada vez mais uma fuga. Pedro se detém um pouco, ouve um rumor distante, luzes, mas que diabos, não está fazendo nada de errado, não quer saber o que está acontecendo, não é da sua conta, basta seguir em frente e ignorar aquelas pessoas, que agora são muitas e cruzam a linha férrea desordenadamente, evitam a passarela, duas dezenas delas, talvez mais, algumas crianças, e vê logo atrás os agentes da PSP, um rastro de fumaça cruza o céu e ele percebe que é uma bomba de gás, a primeira, que explode sobre os trilhos com grande alvoroço e provoca gritos, logo os policiais lançam mais duas, três bombas e encurralam alguns fugitivos em frente a um armazém ou depósito, algo assim, Pedro não pode mais passar adiante, então tenta voltar mas percebe que está acuado pelos fugitivos e pelos seus perseguidores, as pessoas não têm mais para onde correr e levantam as mãos, algumas já se deitam em sinal de rendição, ele está agora no meio da aglomeração que reúne, no mínimo, umas cinquenta pessoas, o contingente de policiais é praticamente do mesmo tamanho, crianças gritam, a maioria tosse, choram pelo efeito das bombas de gás, três furgões acompanham os policiais e logo abrem suas comportas para receber os suspeitos, vão todos para a delegacia, prestar depoimentos, mostrar os papéis, explicar o que fazem em Portugal, "por que não foram para a França, para a Holanda, que é tão receptiva?", ou quem sabe para os países escandinavos, que praticam o socialismo. "Por que raios vieram para aqui, hein?" Ninguém responde.

Pedro não tem nada a ver com isso, aproxima-se de um dos policiais que comanda a rendição dos imigrantes e lhe diz, tentando manter a calma, que estava apenas passando pelo local, não sabe quem são aquelas pessoas, de onde vieram, para onde vão, mas o homem, paramentado para a guerra, não o ouve, não tem como ouvi-lo, veste um capacete e uma máscara contra o gás que já empesta todo o ambiente e faz Pedro gaguejar enquanto tosse e lacrimeja, fala mais alto para ser ouvido, grita com o policial que imediatamente o empurra, dá-lhe um safanão pelas costas e o joga contra o grupo de suspeitos, que entra um a um no camburão ainda aberto (os outros dois já lotaram), sob a tutela de mais uma dezena de gigantes como o homem que o atacou. Não há divisão entre homens, mulheres e crianças, todos se amontoam nas viaturas pequenas para o contingente de detidos e são acomodados aos trancos pelos policiais; depois, singram pela Estrada Militar, contornam as Portas de Benfica e rumam, pela rua Elias Garcia, para a 67ª Esquadra da PSP, em Venda Nova. É noite. O navio chacoalha, incerto, devido ao peso da carga. Os passageiros sentem-se sufocados, pois o gás das bombas não se dissipou totalmente e não há ventilação. Suam, apesar de fazer frio. Têm medo, não sabem para onde estão sendo levados. Todas e todos têm a pele negra — menos o homem que entrou por último no tumbeiro, que agora balança, desengonçado e mugindo, rumo a seu destino.

Matilda se ergue da cadeira, na delegacia, quando chega o escrivão (só o pai pôde entrar com ela); uma cadeira com as pernas descascadas, dura, desconfortável. Mas nada pode ser pior do que estar à meia-noite de um domingo tendo de prestar queixa sobre a importunação sexual de um velho tarado. Ainda mais de um brasileiro, que acabou na mesma delegacia junto com um bando de imigrantes ilegais que fazia comércio irregular para os lados da Estrada Militar. Diz que é português, informa um dos policiais, mas fala brasileiro.

Raça do cralho.

É a opinião do plantonista, que sequer olha para o homem sentado à sua frente, as mãos sobre as coxas, numa tranquilidade que está com os minutos contados. Mas não esconde que também rejeita a dupla de acusadores — imigrantes negros que, por sorte, estão bem longe do Centro de Lisboa. Assim não tem de vê-los com tanta frequência.

O que o senhor disse?, retruca Pedro

Raça do cralho, repete o oficial, desta vez olhando com firmeza para o suspeito.

Foi arrancado do plantão dominical, onde assistia pela enésima vez à reprise dos gols do Benfica, por um brasileiro de merda que se engraçou com a porra de uma negrinha cabo-verdiana. Podia haver desfecho mais indecente para o fim de semana do escrivão José Gaiola?

Pedro se lamenta pelo infortúnio: viu-se no meio de uma batida policial e, confundido com um desses ilegais que infestam Lisboa, foi levado para a mesma delegacia onde Matilda e O Negro registravam queixa contra ele. Bingo!

Eu sou português, protesta. Está aí no meu passaporte.

O homem folheia a caderneta, localiza a página com as

informações básicas do acusado, fotografia, altura, data de validade e lhe lança a pergunta: ah, poix, qual a autridad?

Pedro se confunde, não sabe a que o escrivão se refere. O homem percebe a hesitação do suspeito, diverte-se com sua indecisão.

Onde naichest, pergunta por fim, já sem paciência.

Está escrito no passaporte: nasceu na cidade de Porto Alegre, Brasil, embora conste também que sua nacionalidade é portuguesa. O policial dá um sorriso maroto.

Como o concheguist?

Pedro se enerva, não esperava que um policial, um funcionário público, que deveria estar a seu serviço, o tratasse dessa forma. No aeroporto, vá lá. Mas numa delegacia? Não responde de imediato à pergunta. Depois justifica que foi obtido por meios legais, meus avós naischeram em Portugal, são naturais cá dest país, sempre tiv uma ligação aftiva muito grande com o povo portuguêij — enquanto fala, tenta em vão forçar um sotaque lusitano que diverte ainda mais seu interlocutor. Até certo ponto, claro.

Pois hoje em dia é muit fáchil para um qualquer como vóx provar que tem aschendentes dixtantx nascidos em Portugal, avóis, bsavóis, até trsavóis. É muito fáchil. Também há oj cajamentos arrnjados, essej africanoj do cralho, a porra do extatuto da igaldad. Acha que todo mundo que está a falar brajileiro agora é portuguêij?

Todos ficam quietos na sala enquanto o oficial destila seu ódio contra imigrantes, venham de onde vierem. E contra as políticas de acolhimento, de assistência, de moradia, contra os direitos civis.

Onde estás a murar? Tens rejidênsia fixa no paích que tanto amaj?

Não tem. Diz que está a morar em um apartamento de aluguel na Amadora até que ache um lar definitivo, acabou de chegar, está ainda se adaptando.

Tenj um trbalho? Vivej de quê?

Não tem trabalho. Vive de suas economias, angariadas no Brasil, mas pretende sair a procurar ocupação imediatamente, assim que se desembaraçar das acusações a que está sendo submetido. Aliás, pergunta ao oficial assim que encontra uma brecha na enxurrada de vitupérios com que encerra seu domingo: de que o acusam?

A rapariga aqui o acuja de tê-la maçado. E há tejtemunhax.

O escrivão José Gaiola pede a Matilda, que na realidade se chama Kiara Lisboa, para narrar o acontecido. A menina descreve minuciosamente primeiro os olhares insidiosos de Pedro quando ela estava com os amigos e as amigas do lado de fora da pizzaria; depois, o encontro no corredor do restaurante, a voltar do quarto de banho, no momento em que ele força a passagem e roça as mãos, e o corpo, nos seus seios, enquanto lhe diz sujeiras que lhe provocam náusea só de lembrá-las: comia-te todinha, ó pretinha gostosa, quer pela frente ou por trás?; e o quanto isso foi deliberado e o quanto a humilhou, bem como as apalpadas que levou no corredor, já que o homem praticamente a encurralou na passagem, não lhe dando direito de defesa e obstruindo seu caminho com o intuito de se aproveitar de estarem só os dois naquele sítio. O pai de Kiara, que já sabemos se chamar Rui Lisboa, corretor de imóveis, assiste a tudo calado.

Icho é vrdad, chenhor...Pedro Flávio Póvoa? O oficial lê o nome no passaporte, até então não tinha sequer perguntado como se chamava o acusado.

Pedro hesita. Logo em seguida refuta a acusação, diz que é infundada, não tem cabimento, foi um toque acidental, não lhe disse nada, é a palavra dela contra a minha, ensaia uma reação indignada que provoca a intervenção do policial, não me obrigue a chamar o dlegado titular a exta hora da madrugada, asseguro-lhe que, mexmo sendo histeria da miúda, cherá bem pior, vá com calma e apenax rexponda às minhax perguntax, extá cherto? A justiça dechidirá dpois.

Icho é vrdad?, repete.

Não.

Explique-se, então.

Quero um advogado, diz Pedro Póvoa. Mas logo em seguida se lembra que não conhece nenhum advogado em Lisboa, aliás, não conhece ninguém na cidade, sente-se mais estrangeiro do que nunca, tem a impressão de que sequer fala o mesmo idioma pois entende pouco das acusações de Matilda, que fala um português irreconhecível, para seu desespero, misturado ao crioulo sotavento que deve ouvir em casa, e tem de se esforçar para compreender o escrivão, que tem o hábito interiorano de comer as vogais e chia feito uma chaleira devido ao bigode espesso que já vai ficando branco. Pensa em falar inglês com o homem, para se comunicar melhor e impor um certo respeito ao servidor, mas vê que é um sujeito simples, percebe isso claramente, embrutecido pelo trabalho duro na Polícia, já em idade de se reformar e ainda exposto a todo tipo de consequência devido às pessoas com que tem de lidar nas suas jornadas de trabalho estafantes — negros, imigrantes, criminosos, larápios. Nada que se compare a ele, um nacional acusado de forma irresponsável por uma adolescente exibida. Provavelmente não saiba nem dar bom dia em inglês, o coitado.

O escrivão lhe aponta o telefone, na extremidade da mesa.

Podej chamar.

Pedro não se move. Olha suplicante para Matilda e para Rui, como a pedir perdão, mas eles não correspondem. Estão fartos de serem tratados como diferentes no país do qual já foram cidadãos – não Kiara, que nasceu no século 21 no Alto da Cova da Moura e, portanto, nunca foi uma "retornada", só seu pai e sua mãe, que nasceram em Ribeirão Chiqueiro dois anos antes da independência de Cabo Verde e perderam a nacionalidade portuguesa de uma canetada só, por serem badios da diáspora. Coisas da revolução. Rui não tem vontade alguma de se mostrar solidário com o agressor de sua filha, que agora passa a se deparar com perguntas cada vez mais constrangedoras do inspetor, onde o concheguist, repete o escrivão, já com a voz alterada e abanando o passaporte na cara do seu interlocutor, e Pedro responde, com certo temor, que é um documento obtido no vice-consulado geral de Porto Alegre, e sente as tripas se embrulharem com o assédio do homem, que a essa altura já está sendo assistido por um auxiliar, um jovem que parece ter o dobro da altura d'O Negro e que o olha com astúcia, como se desconfiasse de cada palavra dita e estivesse mesmo disposto a buscar a fábrica de documentos falsos usada pelo suspeito, tremos que fajer uma verificachão em seu pachaport, anuncia o policial José Gaiola depois de ligar para o delegado, ser xingado por acordá-lo àquela hora da madrugada e desligar após vinte segundos de conversa, mas icho só cherá possvel amanheã, antão o chenhor terá de prnoitar na delegacia. E, dadas as pochibilidads de ser um srviço demorado, pois complexo, talvz vossa stadia se prolongue. E faz um sinal para o ajudante, que agora Pedro percebe ter braços de halterofilista, tatuados com caveiras e flechas e corações, a cabeça raspada, um olhar lascivo, que acompanhe o suspeito até a sala de permanência, lá terá um sofá para deitar-se, um copo de água e uma pia para lavar o rosto, além de um sanitário para as necessidades, até que decidam o que fazer com ele.

Pedro não se conforma com a solução apresentada pelo chefe do inspetor, insiste que precisa consultar um advogado, alega que faz tratamento de saúde e que seu caso deve ter apoio da embaixada brasileira em Portugal.

Mas não éix portuguêix?, ironiza o escrivão.

À rola e ao pardal não engana o temporal, diz o assistente, aos risos. Dessa vez, olha-o com um atrevimento descarado.

Os dois policiais riem, enquanto o plantonista imprime o depoimento de Kiara para liberar ela e seu pai. Já registraram a ocorrência, assinaram as declarações da rapariga, agora ficará por conta da justiça, que, todavia, irá demorar muitos dias até decidir quem tem competência para tratar do caso de assédio, já que o passaporte vai se revelar obtido por meio de falsa documentação de ascendência portuguesa, como informa a denúncia anônima recebida pela Polícia brasileira (mas que sabemos ter sido feita por Maria Izabel). O derrame de certidões adulteradas já vinha sendo investigado e, dessa forma, o acusado terá cassada preventivamente sua pretensa cidadania — o que levará o episódio envolvendo Kiara Lisboa a ser regido pelas leis locais: pelo Código Penal português, redação atualizada em 2015, do Título I (dos crimes contra as pessoas), do capítulo V (dos crimes contra a liberdade e autodeterminação sexual), da secção I (crimes contra a liberdade sexual), no seu artigo 170: "Quem importunar outra pessoa, praticando perante ela atos de carácter exibicionista, formulando propostas de teor sexual ou constrangendo-a a contacto de natureza sexual, é punido com pena de prisão até um ano ou com pena de multa até 120 dias, se pena mais grave lhe não couber por força de outra disposição legal".

A mesma atualização tipificou também o crime de perseguição, estipulando que quem assedie outra pessoa menor de 14 anos, por qualquer meio, direta ou indiretamente, de forma a lhe provocar medo ou inquietação, ou prejudicar a sua liberdade de determinação, onde se incluem os piropos proferidos por Pedro a Matilda, será punido com três anos de cadeia e pena de multa.

Os dias na delegacia são repetitivos, com longas sessões de espera entre uma refeição e outra. Se guia por elas: o pequeno almoço, o almoço, o lanche da tarde, a ceia. Entre as quatro, intervalos de um tempo que demora a passar. A muito custo Pedro consegue convencer o delegado a que buscassem, na pensão da Amadora, os remédios que toma diariamente, para a pressão e para os nervos, frisa, sem os quais não poderia suportar a privação. Além de um cobertor, pois faz frio. O titular da delegacia duvidou, a princípio, da necessidade de manter o tratamento de saúde, considerou a possibilidade de uma artimanha, típica de brasileiros, mas afinal permitiu que o suspeito buscasse, devidamente escoltado, seus pertences, incluindo as várias cartelas fármacas que deveriam sustentá-lo espiritualmente.

A sala onde está tem dez metros quadrados, incluindo um cubículo sanitário sem chuveiro. Uma cadeira de escritório e uma mesinha de fórmica ficam ao lado do estreito sofá onde dorme, ao pé da janela. A iluminação não é direta, a sala fica num poço de luz que faz apenas iluminar de maneira difusa o ambiente. Na maior parte do tempo, a luminária branca permanece acesa no teto. O delegado Estevão Abelho, herdeiro direto de Nuno Alvares Coutinho Barradas, capitão-mor da vila de Grôndola, distrito de Lisboa, não permitiu o uso de computador pelo suspeito.

Na maior parte do tempo Pedro se mantém sentado, de frente para a janela que não dá para lugar algum. Desperta cedo, toma o café, faz as necessidades e a higiene, tudo devagar, e, mesmo assim, ainda não são oito horas da manhã. Então, senta-se em frente à janela e deixa a cabeça funcionar.

Rememora fatos, reconstrói acontecimentos. Recorda. Tem tempo de sobra para isso. Às vezes, inventa desfechos. Imagina, por exemplo, como poderia ser bom ter Ceiça como filha. Chega a acreditar, por um momento, ter sido traído por Amália, que lhe escondeu a paternidade durante a vida toda e agora, que estava detido, não podia procurar a menina para lhe dizer... o que lhe diria mesmo? Não faz ideia. Ceiça agora já deve ser uma mulher, que talvez tenha filhas, ou filhos, e, quem sabe, um marido dedicado, compreensivo, que a tenha acolhido depois da chantagem que quase lhe custou a vida. Gostaria de conhecê-lo. Ou, então, um parceiro infantilizado, que lhe cobra atenção permanente. O mal da sua espécie.

Doutor Abelho, como faz questão de ser citado, lhe franqueou o telefone para chamar a quem quisesse. Mas Pedro não tem com quem falar, os poucos amigos que restaram não podiam mais ajudá-lo, a família se mantinha distante do comportamento errático do irmão, teriam descoberto a tramoia envolvendo a indenização de Carlito? O certo é que não atenderam as poucas ligações que fez. Nem Maria Izabel, de quem ele, estranhamente, esperava mais. A cabeça agora é um quinhão de palha que incendeia ao menor sinal de calor.

Em outras vezes, na sala de permanência, Pedro tenta em vão se colocar no lugar de dona Leda e sente que jamais vai entender o que sucedeu entre os dois. O tempo vai passando e simplesmente não há como fazê-lo voltar, não há chance de parar a contagem, como naquelas lutas antigas de telecatch, que via na TV, ensaiadas à exaustão; não existe a possibilidade de parar no meio do caminho e retroceder umas casas para apagar a jogada mal feita, para tentar de novo em uma segunda vida, não há uma segunda vida, não há ensaio, ele e dona Leda foram andando e andando e andando e quando perceberam estavam distantes um do outro, muito longe um do outro, mal se enxergavam, até que restaram apenas dois vultos seguindo na mesma direção, mas em caminhos apartados, então não havia mais nada, nem caminho, nem direção, nada, só os passos já nem tão confiantes de Pedro, sozinho, tentando reencontrar o caminho, tentando achar um sentido em tudo que fez, chamando pela mãe como um bezerro desmamado, ela que agora canta uma música piedosa para o filho enquanto Pedro joga as pás de terra sobre o corpo de dona Leda estirado no chão, a mulher que não reclama, que não sofre, que não ama, que não vive, que se desfaz como um torrão de terra pisoteado pelos búfalos da campina, apenas canta a música piedosa que Pedro ouve com uma irritação crescente, uma cantiga de ninar que o leva de volta ao quarto em que dormia na casa da vó Gerusa e do coronel Alvim, à negra Nonoca, com seu vestido levantado no quartinho dos fundos e o avô saindo de lá à tardinha, às pressas, amarrando o cinto, antes da vó chegar do chá das sextas, pegando-o pelo braço naquela tarde em que espiou pela basculante e dizendo que ele não devia ficar cuidando as pessoas, seu fresquinho de merda, te cago a pau, enquanto joga as pás de terra sobre a mãe, que veste aquele vestido fechado, de tons cinzentos, do dia em que ele tomou a injeção de penicilina e percebeu tudo, de verdade, e não na casa da vó Gerusa, anos depois, a ausência do pai, que nem havia desaparecido ainda, mas que já era não mais que um sopro pelos cômodos da casa, a tristeza da mãe, ela se afundando aos pouquinhos, e a partir dali concluiu que estava sozinho, que trilharia solitário seu rumo pela vida, que contava apenas consigo mesmo para seguir em frente, como agora, no fim do caminho, na cela sem grades, sem portas, onde só o passado importa, na estrada de terra onde cava uma sepultura do seu tamanho, com seu metro e setenta e nove de altura, nem mais nem menos, para caber apenas ele e seus oitenta e cinco quilos e todas as suas imensas certezas, todas as escolhas, as sentenças que proferiu, o orgulho, a alma que nunca carregou, que perdeu justo quando imaginou que um tiro bastaria, com as mesmas mãos daquele menino moído pela herança que lhe entregaram, as mãos que ele olha na sala de permanência e não reconhece mais, as mãos que exibem a vida gasta em veias protuberantes, arroxeadas, as mãos ossudas do velho que está, enfim, sozinho; nem as lembranças que não ocupam o espaço físico que irá na cova, mas pesam em sua cabeça, como agora, quando lembra dos olhos do cão, antes do tiro, um olhar pasmado, a mãozinha trêmula do menino e os olhos do cão contra os seus, sem compreender o que aconteceria de fato dali a poucos segundos, o mesmo olhar que tinham quando brincavam, sozinhos, ele e o Rex, no pátio da casa, o mesmo olhar de quando tinham de ficar na garagem, quando chovia, um olhar que lhe diz não, Pedro, tu não serás capaz de colocar um fim nessa história assim, dessa maneira, Pedro agora ouve o cão dizer essas palavras para ele, entende perfeitamente o que diz, sem se admirar nem um pouco, não faça isso, Pedro, como se fosse ele um cão também, um cão que pudesse compreender o que o outro diz, não faça isso, Rex lhe suplica, há formas mais dignas de se culminar uma história, a tua história, Pedro Flávio Póvoa, amor da minha vida de cão. Mas é tarde demais, ele percebe que o tempo já havia passado e que não podia mais voltar, as obsessões de garoto solitário, autossuficiente, acabaram superando a ternura que a vida lhe pedia naquele momento, e em muitos outros momentos em que ser homem era o que menos importava, e ele pode agora somente acordar do cochilo matinal e lavar aquela culpa de si na pia do banheiro antes de lhe servirem o almoço, talvez se desmanchar em partículas minuciosas, como a mãe, antes de servirem o lanche, depois a janta e apagarem a luz e a noite o invadir com seus fantasmas em ebulição e ele não ser nada além de uma voz opressiva em sua mente, a lhe martelar o crânio: homem que é homem, Pedro, não chora. Homem não chora, Pedro. Homem que é homem não chora. Não chora. Nunca chora.

Pedro, porém, não se lava. Não acorda completamente do pesadelo, o outro Pedro que está dentro dele, que vive com ele, o enlaça com força e o sufoca e o faz se desesperar diante da iminência de ser arrastado para o fundo do poço, onde um gato agoniza à sua espera. Pedro se morde como forma de desvencilhar-se de si mesmo, arranca pedaços da própria carne, língua, braços, ventre, debate-se até despertar, cruento, de uma luta fratricida.

Chora.

Então, se enxerga como se visse a estrada do alto. Como quem vislumbra quase a circunferência toda da Terra, como quem está no espaço: o dia parece estar nublado, a luz é mais fraca do que em qualquer outro dia desde que foi parar ali, na sala de permanência, à espera de um desfecho para seu caso, que nunca vem. Não sabe há quanto tempo tomou as pílulas, o calmante demora a fazer efeito, talvez três, quatro horas, nem sabe quantas cápsulas ingeriu, quem sabe já seja noite, quem sabe, mas não pode ter dormido tanto, está confuso, não sente o corpo, dormente agora, formigando como no dia da injeção de penicilina, um torpor que se espalha e se prolonga ao longo dos músculos e dos ossos e invade a cabeça e lhe chega ao cérebro, que o faz sentir-se como se fosse uma bola de bilhar, atingida por outra bola disparada pelo jogador ao lado; ele lhe dá um sorriso de satisfação, foi uma jogada de mestre, reconhece, uma pancada seca, rara, que leva Pedro para outra dimensão, uma dimensão onde os sonhos não são mais sonhos e sim a própria realidade, onde o jogador, de cavanhaque e com uma camiseta de time de futebol, encera o taco para lhe desferir uma segunda pancada, ele sorri, Pedro percebe, o homem sorri o tempo todo, ri de sua insensatez, do seu mau jeito, sorri, embora pudesse, e talvez esteja mesmo, duvidando da capacidade de Pedro exercer seu papel com um pingo de decência, mais uma bolada seca no crânio, tal qual uma bala perdida na carne, um sonho lúcido no qual ouve cães latirem para outros cães enquanto gira para o buraco da mesa de bilhar, a cabeça enorme do homem sorrindo para ele, em desafio, vai para a caçapa, Pedro?, quando consegue baixar a arma, é tudo muito rápido mas ele consegue baixar a arma sob o olhar melancólico do cão, ele consegue conter o ímpeto de aniquilar, de reduzir a pó, o olhar que nunca mais saiu de sua mente, ele quer acarinhar o cão, pedir-lhe perdão pelo que irá fazer, ou já fez, há milênios, mas só consegue pensar em si mesmo, no seu desígnio másculo, na bola girando em direção ao buraco, no homem que sorri, o cão que só precisa disso naquele instante, um afago, um beijo na cabeça macia, antes de ser jogado ao nada, ao buraco, Pedro sonha tudo isso quando se vê impulsionar o braço para a frente e, resoluto, executar o plano de extermínio, um segundo antes que a bala faça formigarem os músculos de Rex, e Pedro, então, não seja mais que uma ideia dando voltas no ar, até se perder na imensidão do mundo, solitário, tão solitário e silencioso quanto pode ser um minúsculo grão de qualquer flor, à deriva no céu, após uma tempestade de pólen, ou uma semente de laranja cuspida pela boca de um andarilho aos farrapos, em uma curva qualquer do sul do Brasil, à procura de um norte.

Eulália?

A Voz me puxa de volta. Quero acordar, mas o torpor me empurra para baixo da terra. Para o rio subterrâneo que leva consigo o entulho da memória. O desconcerto do mundo. Onde o ar não chega. Onde não há luz. Nem consciência.

É desse rio que brotam minhas folhas, cobertas pelo matiz de séculos e séculos. Feito o cão, agito agora cada partícula do meu corpo. Dou a elas forma, nome, cor. A mônada primordial da minha existência. A poeira suspensa entre os cubículos da história, minha própria decomposição.

Eras, portanto, o próprio cão?

Não, respondo. Eu sou a Voz.

CARA LEITORA, CARO LEITOR

A **Aboio** é um grupo editorial colaborativo.

Começamos em 2020 publicando literatura de forma digital, gratuita e acessível.

Até o momento, já passaram pelos nossos pastos mais de 600 autoras e autores, dos mais variados estilos.

Para a gente, o canto é conjunto. É o aboiar que nos une e que serve de urdidura para todo nosso projeto editorial.

São as leitoras e os leitores engajados em ler narrativas ousadas que nos mantêm em atividade.

Nossa comunidade não só faz surgir livros como o que você acabou de ler, como também possibilita nos empenharmos em divulgar histórias únicas.

Portanto, te convidamos a fazer parte do nosso balaio!

Todas as apoiadoras e apoiadores das pré-vendas da **Aboio**:

—— **têm o nome impresso nos agradecimentos de todas as cópias do livro;**
—— **são convidadas a participarem do planejamento e da escolha das próximas publicações.**

Fale com a gente pelo portal **aboio.com.br**, ou pelas redes sociais (**@aboioeditora**), seja para se tornar uma voz ativa na comunidade **Aboio** ou somente para acompanhar nosso trabalho de perto!

Vem aboiar com a gente. Afinal: **o canto é conjunto.**

APOIADORAS E APOIADORES

Agradecemos às 136 pessoas que apoiaram o trabalho feito pela equipe da **Aboio**.

Sem vocês, este livro não seria o mesmo.

A todos os que escolheram cantar com a gente, nosso abraço. E um convite: continuem acompanhando a **Aboio** e conheçam nosso catálogo!

Adriane Figueira Batista
Alexander Hochiminh
Alexandre Boide Santos
Allan Gomes de Lorena
André Balbo
André Costa Lucena
André Pimenta Mota
Andreas Chamorro
Andressa Anderson
Anthony Almeida
Antonio Pokrywiecki
Arthur Lungov
Bianca Monteiro Garcia
Caco Ishak
Caio Balaio
Caio Girão
Calebe Guerra
Camilo Gomide
Carla Guerson
Carlos Eduardo D'Elia Branco

Cecília Garcia
Cintia Brasileiro
claudine delgado
Cleber da Silva Luz
Cristina Machado
Daniel Dago
Daniel Dourado
Daniel Giotti
Daniel Guinezi
Daniel Leite
Daniela Rosolen
Danilo Brandao
Denise Lucena Cavalcante
Dheyne de Souza
Diogo Mizael
Eduardo Henrique Valmobida
Eduardo Rosal
Elisete Costa
Enzo Vignone
Fábio José da Silva Franco

Febraro de Oliveira
Flávia Braz
Francesca Cricelli
Frederico da C. V. de Souza
Gabo dos livros
Gabriel Cruz Lima
Gabriel Ferreira
Gabriel Stroka Ceballos
Gabriela Machado Scafuri
Gael Rodrigues
Giselle Bohn
Guilherme Belopede
Guilherme da Silva Braga
Gustavo Bechtold
Henrique Emanuel
Henrique Lederman Barreto
Israel Augusto Moraes
    de Castro Fritsch
Jadson Rocha
Jailton Moreira
Jefferson Dias
Jessica Ziegler de Andrade
Jheferson Neves
João Gomes Ilha
João Luís Nogueira
João Nunes Junior
Júlia Gamarano
Julia Ilha
Júlia Vita
Juliana Costa Cunha
Juliana Slatiner
Juliana Thomaz

Júlio César Bernardes Santos
Klécio Santos
Laís Araruna de Aquino
Laura Redfern Navarro
Leitor Albino
Leonardo Pinto Silva
Leonardo Zeine
Lili Buarque
Lolita Beretta
Lorenzo Cavalcante
Lucas Ferreira
Lucas Lazzaretti
Lucas Verzola
Luciano Cavalcante Filho
Luciano Dutra
Luis Felipe Abreu
Luísa Machado
Manoela Machado Scafuri
Marcela Roldão
Marcelo Ghignatti
Marco Bardelli
Marcos Vinícius Almeida
Marcos Vitor Prado de Góes
Maria F. V. de Almeida
Maria Helena Weber
Maria Inez Porto Queiroz
Mariana Donner
Mariana Figueiredo Pereira
Marina Lourenço
Mateus Magalhães
Mateus Torres Penedo Naves
Matheus Picanço Nunes

Mauro Paz

Milena Martins Moura

Minska

Naira Moura

Natalia Timerman

Natália Zuccala

Natan Schäfer

Otto Leopoldo Winck

Paula Maria

Paulo Scott

Pedro Torreão

Pietro Augusto Gubel Portugal

Rafael Mussolini Silvestre

Ramon Castro Reis

Ricardo Kaate Lima

Rodrigo Aguiar

Rodrigo Barreto de Menezes

Sabrina Dalbelo

Samara Belchior da Silva

Sergio Mello

Sérgio Porto

Silvia Fialho

Thais Fernanda de Lorena

Thassio Gonçalves Ferreira

Thayná Facó

Tiago Moralles

Valdir Marte

Vitor Necchi

Volnei Picolotto

Warner Bento Filho

Weslley Silva Ferreira

Yvonne Miller

PUBLISHER Leopoldo Cavalcante

PREPARAÇÃO André Balbo

REVISÃO Marcela Roldão

DIREÇÃO DE ARTE Luísa Machado

COMUNICAÇÃO Thayná Facó

COMERCIAL Marcela Roldão

PROJETO GRÁFICO Leopoldo Cavalcante

ASSISTÊNCIA EDITORIAL Nelson Nepomuceno

ILUSTRAÇÃO DA CAPA Jenna Barton

ORELHA Paula Sperb

© Aboio, 2024

Senhor Cão © Flávio Ilha, 2024

© do texto da orelha Paula Sperb, 2024

Don't let them now your name © ilustração de Jenna Barton

Grafia atualizada segundo o Acordo Ortográfico da Língua Portuguesa de 1990, que entrou em vigor no Brasil em 2009.

Os personagens e as situações desta obra são reais apenas no universo da ficção: não se referem a pessoas e fatos concretos, e não emitem opinião sobre eles.

Dados Internacionais de Catalogação na Publicação (CIP)
Eliane de Freitas Leite — Bibliotecária — CRB — 8/8415

Ilha, Flávio
Senhor Cão / Flávio Ilha ; [ilustração Jenna Barton].
-- São Paulo : Aboio, 2024.

    ISBN 978-65-85892-19-3

    1. Romance brasileiro I. Barton, Jenna. II. Título.

24-207895   CDD—B869.3

Índices para catálogo sistemático:
1. Romances : Literatura brasileira

[2024]

Todos os direitos desta edição reservados à:
ABOIO EDITORA LTDA
São Paulo — SP
(11) 91580-3133
www.aboio.com.br
instagram.com/aboioeditora/
facebook.com/aboioeditora/

[Primeira edição, julho de 2024]

Esta obra foi composta em Adobe Text Pro.
O miolo está no papel Pólen® Natural 80g/m².
A tiragem desta edição foi de 300 exemplares.
Impressão pelas Gráficas Loyola (SP/SP)

A marca FSC® é a garantia de que a madeira utilizada na fabricação do papel deste livro provém de florestas que foram gerenciadas de maneira ambientalmente correta, socialmente justa e economicamente viável, além de outras fontes de origem controlada.